中國語言文字研究輯刊

二三編

許學仁 主編

第12冊

唐河方言語法研究（下）

楊正超 著

花木蘭文化事業有限公司

國家圖書館出版品預行編目資料

唐河方言語法研究（下）／楊正超 著 -- 初版 -- 新北市：花木蘭文化事業有限公司，2022〔民 111〕

目 4+154 面；21×29.7 公分

（中國語言文字研究輯刊　二三編；第 12 冊）

ISBN 978-626-344-026-5（精裝）

1.CST：漢語方言 2.CST：方言學 3.CST：河南省唐河縣

802.08　　111010178

ISBN-978-626-344-026-5

中國語言文字研究輯刊

二三編　第十二冊　ISBN：978-626-344-026-5

唐河方言語法研究（下）

作　　者　楊正超

主　　編　許學仁

總 編 輯　杜潔祥

副總編輯　楊嘉樂

編輯主任　許郁翎

編　　輯　張雅淋、潘玟靜、劉子瑄　美術編輯　陳逸婷

出　　版　花木蘭文化事業有限公司

發 行 人　高小娟

聯絡地址　235 新北市中和區中安街七二號十三樓

電話：02-2923-1455 ／傳真：02-2923-1452

網　　址　http://www.huamulan.tw 信箱 service@huamulans.com

印　　刷　普羅文化出版廣告事業

初　　版　2022 年 9 月

定　　價　二三編 28 冊（精裝）新台幣 96,000 元　

唐河方言語法研究（下）

楊正超 著

目次

上冊

第四章　虛　詞

虛詞，也有人稱之為功能詞（function word），指不能充當句法成分的、詞彙意義空靈、表達某種語法意義的一類詞，跟能單獨充當句法成分、詞彙意義實在的實詞相對。虛詞是表達語法意義的重要手段之一（其他如形態、語序、選詞等），由於漢語是一種非形態的分析型的語言，不具備嚴格意義上的形態手段，虛詞的作用就顯得更加突出，一直以來是研究漢語語法的重點項目。漢語的虛詞系統通常包括副詞、介詞、連詞和助詞四個功能類別。

「虛詞及表示語法意義的虛成分的不同，這是方言與方言之間最常見、最細微、也最複雜的差異。由於虛詞常跟特定的句型緊密聯繫在一起，虛詞的使用往往也是方言句法特點表現的一個重要方面。」（李如龍 2007：210）因此，本章在對唐河方言虛詞進行調查、描寫和分析同時，也對相關的句法方面（如處置句、被動句、比較句等）的重要特徵予以考察。

第一節　副　詞

漢語語言學界對於副詞的虛實分類一直存在著爭論。分類的目的是為了語法分析的方便，而且詞類的虛實大多是程度問題，從歷時的角度說，是一個漸變的連續統，何況漢語的詞類與句法成分不是一一對應的關係。在方言語法研究當中，就詞類來說，虛詞、實詞的名實之爭不是問題的關鍵，重要的是，共時地看，要把方言詞語的事實描寫清楚，歷時地看，要儘量描繪出某一具體詞語在語法化序列中的虛實等級。為了討論的方便，我們根據傳統主流分類將副詞歸入虛詞。

從功能上來看，副詞一般只能在句法結構中充當謂詞性結構中的修飾或限製成分而不充當被修飾成分或被限製成分，受副詞修飾或限制的成分一般是動詞、形容詞、其他作謂語的成分或整個句子；從充任的句法成分來看，副詞一般作狀語，個別可以作補語，還有一些可以單獨或跟其他詞語搭配作複句的關聯詞；從表達的意義來看，副詞一般表示動作行為或性質狀態等在時間、頻率、程度、範圍、情狀、語氣、肯定、否定等方面的表現。

1. 副詞小類

我們根據唐河方言副詞的功能特徵和所表達的主要語法意義將其分為程度副詞、情狀副詞、範圍副詞、時間副詞、頻率副詞、否定副詞和語氣副詞等七個小類。唐河方言副詞在功能和表義上有的在方言中獨有而不見於普通話，有的與普通話同形、意義有交叉但又有自己獨特的表現，有的與普通話相同或相近，有的在普通話中常見而唐河方言幾乎不用。我們把前兩種情況合為一類，第三種情況作為一類，列表呈現，以示比較。本節只討論其中的前一類，即唐河方言有普通話無或雖有但差異較大的副詞。

表 4-1　副詞小類〔註 1〕

副詞小類	唐河方言有、普通話無，或雖有但差異較大的	唐河方言與普通話相同或相近的
程度副詞	太［tʰai^{24}］、較起兒、些許、多少、不咋、不多、不大兒、剛［tɕiaŋ^{312}］、可、通、生、精、黢、滂、稀、齁	太［tʰai^{312}］、最、更、夠、還、格外、稍微、相當、盡、怪、真、多、越、有點兒
時間副詞	老早、老不早、剛［tɕiaŋ^{24}］、剛剛兒［tɕiaŋ$^{24-33}$ · tɕiɛr］、直勁兒、到了兒、頃刻、就、多早晚兒、恁早晚兒、鎮早晚兒	趕緊、剛才、正、又、還、先、才、立馬、暫時、早、遲早、早晚、原先、早先
頻率副詞	肯、老是、光、不大兒、成天、天天兒、見天、動不動、不住閒兒、直、橫、由意兒、一門兒、一白兒	總是、一直、重新、又、再、還

〔註 1〕普通話副詞的選取參考了張誼生（2010：426）附錄·現代漢語副詞範圍統計對照表和《現代漢語詞典》（2002）。

範圍副詞	一事兒、一夥、一下（兒）、純、淨、就、滿圈兒、另在外、單哩單	總共、一共、才、都、全、全都、一律、只、光、通通
情狀副詞	忙哩、一動、橫樑兒、乾、胡肆、當把兒、單門兒、專一、出心、故岔兒、故樣兒、猛不防兒、抽楞子、一路兒、只差、好（一）懸、樣肯兒、樣美兒、強勉	儘量、互相、親自、拼命、死活、事先、瞎、專門、當面、存心、順便、好歹、好好、根本、貴賤
否定副詞	不、沒、沒有、沒得、不得、不羌、白、白弄	沒、沒有、不
語氣副詞	興、興許、估約摸兒、總不羌、請、清是、高低、貴賤、請、就、半天、虧著、容就、依就、為不啥兒、正務正、豎橫、不兒哩	反正、可、終究、正、到底、恐怕、偏、偏偏、其實、只有、只好、最好、好像、只管、總、總算、八成、保準

2. 程度副詞

2.1　太［t^{h}ai^{24}］

唐河方言中去聲的「太」［t^{h}ai^{312}］跟普通話中既可以表示程度過頭也可以表示程度高的「太」意義和功能相同，但還有一個專門表示程度過頭讀陰平「太」［t^{h}ai^{24}］，在功能上有不同的表現。「太」［t^{h}ai^{24}］表示程度過頭，即程度高出了預期或某一限度，帶有消極的、不如意的意味和不滿的感情色彩，主要用來修飾形容詞和動詞短語，通常要在句尾加助詞「了」，意義和功能跟北京話的「忒」和浚縣方言的「鐵」［t^{h}iɛ^{24}］（辛永芬 2006：130）比較接近。例如：

（1）水太熱了，給我舌頭都燙木了。

（2）你走哩太快了，我都跟不上了。

（3）要啥你就給他買啥？你也太慣使［kuan$^{312\text{-}31}$ · ʂʅ］寵他了！

（4）你也太不安生［ɣan$^{24\text{-}33}$ · ʂəŋ］好動的反義詞了！

「太」［t^{h}ai^{312}］則既可以表達積極的意義如讚歎等，也可以表示消極的意義，句中有時也可不用助詞「了」，還可以構成「太不＋動／形」和「不太＋動／形」格式；「太」［t^{h}ai^{24}］可以構成前一格式，不能構成後一格式，它是來自於「太」［t^{h}ai^{312}］的異讀形式還是另有來源目前還不確定。

2.2　較起兒［tɕiau$^{312\text{-}31}$ tɕ^{h}iər^{54}］、些許［siɛ$^{24\text{-}33}$ · ɕy］、多少［tuo$^{24\text{-}33}$ ʂau^{54}］

這三個詞都是「稍微」的意思，都可以修飾謂詞性詞語，表示程度較輕或數量較少，一般要跟「有點兒、（一）點兒、下兒」等搭配使用，動詞和形容詞不能是光杆形式，可以前加副詞、後加補語或者重疊，其中「較起兒、些許」側重於動作行為和性狀的程度量，「多少」側重數量。例如：

（5）窩窿傷口還較起兒有點兒疼。

（6）你較起兒挪挪咱們都能坐下空間夠坐。

（7）你些許讓下兒，俺們就能過去了。

（8）那個褲子些許髒髒兒哩，她就不願意穿了。

（9）你多少給點兒，不哩顯得沒一點情份。

（10）我這兒多少還有點兒錢，你先拿去使吧。

2.3　不咋［pu^{24-33} tsa^{54}］

「咋」即「怎麼」的合音形式。「不咋」即「不怎麼」，在唐河方言中有三種用法：

一是作短語，用在對話中，作為回應性的否定答語，表示對對方的詢問不願正面回答或不予理會的態度，可以後加「一點兒」，增加一種比較冷淡的語氣。例如：

（11）A：你咋了？

B：不咋（一點兒）。

二也是作短語，「咋」要變音，讀為［tsa^{42}］，構成習語「不咋一點兒」和「不咋哩」，意思是「沒事、沒關係」，用來寬慰對方的擔心。還可以構成「咋哩不咋哩」，表示詢問，即「嚴重不嚴重」的意思。例如：

（12）A：我哩乖呀，絆［pan^{54}］摔著哪兒了，咋哩不咋哩？

B：不咋哩／不咋一點兒，只［$ts\eta^{54}$］蹭破一層兒木棱皮兒很薄的表皮。

三是作程度副詞，看起來是個短語，其實結構已經凝固詞化，固定地表示「不太、不那麼」的意思，用在動詞、形容詞前表示程度不深。例如：

（13）這個衣裳不咋好看。

（14）那娃兒有點沒腔［mu^{24-33} $t\varsigma^{h}ia\eta^{24}$］害羞，不咋說話兒。

（15）上回給她說那個人兒介紹對象，她不咋願人家。

2.4　不大兒［pu^{24-33} $t\text{ɜ}r^{312}$］

「不大」是形容詞短語，即「小」的意思。「不大兒」有三種用法，一是作短語，表示「小」的意思，是形容詞短語「不大」的兒化形式，有親切戲謔的感情色彩和表小功能；二是作頻率副詞，詳見下文頻率副詞部分；三是作程度副詞，表義跟句法功能跟「不咋」一致，即表示「不太、不那麼」的意思，可以修飾能願動詞、形容詞，表示程度不深，例如：

（16）天還不大兒亮，咋這就要走哩？

（17）今黑吃著了吃壞肚子，肚子不大兒得勁。

（18）路太遠了，我不大兒想去。

（19）小紅有點認生在陌生人面前拘謹，見了生人不大兒愛說話兒。

2.5 不多［pu^{24-33} tuo^{42}］

「不多」［pu^{24-33} tuo^{24}］是偏正短語，「多」的反義，即「少」的意思。「不多」［pu^{24-33} tuo^{42}］已經凝固詞化為副詞，語音也有輕聲化的傾向，表義和句法功能跟「不咋、不大兒」基本一樣，義為「不那麼」，可以修飾謂詞性詞語，只是所能修飾的動詞範圍較小，即只能修飾心理動詞。例如：

（20）天不多陰，下不成（雨）。

（21）你們去吧，我不多想去。

（22）小剛他爹給他買了個新摩托，不過他不多喜歡。

「不多」構成的習語「不多依就」［pu^{24-33} tuo^{42} i^{42} $tsiəu^{312}$］意思是「不那麼明顯」。例如：

（23）A：今兒哩還咳嗽不咳嗽？

B：不多依就，好多了。

2.6 剛［$tɕiaŋ^{312}$］

唐河方言中［$tɕiaŋ^{312}$］可以作程度副詞表示「勉強」，體現的是程度意義上的趨近，可以重疊，音［$tɕiaŋ^{312-31}$ $tɕiɜr^{24}$］，其本字值得推敲。《現代漢語八百詞》收錄的「剛」（1999：216）和「將」（1999：300）都有「勉強」的意思，前者指勉強達到一定程度，後者指勉強達到一定數量，二者都可以重疊。從具體的意思上來說，唐河方言中的［$tɕiaŋ^{312}$］可能跟普通話的「剛」是同源的，「剛」即［$tɕiaŋ^{312}$］的本字，而且唐河方言中同形的時間副詞「剛」讀［$tɕiaŋ^{24}$］，也是一個佐證，語音上的差異可能為了起到異讀別義的作用。

事實上，「剛」的時間義和程度義之間有衍生關係。呂叔湘（1982：145）指出：「其實程度的差別也就是數量的差別；只要有測量的標準，程度也可以用精確的數量來表示的，例如溫度。只是就一般情形而論，程度的表達只能借用一部分數量詞來活用，另外應用一些限制詞。」胡建剛（2007：73）據此認為：「認知領域內的數量域和程度域之間存在著可以互相轉化的可能性，數量概念進一步發展往往就會轉化為程度概念。這種可能性在『剛』的語義引申上得到體現。『剛』在由時間量上的趨短性進一步發展出前後時間趨近性的同時，也發展出了程度意義上的趨近性、趨同性。」

唐河方言中的程度副詞「剛」可以重疊構成「剛剛兒」［tɕiaŋ$^{312-31}$ tɕiɜr^{24}］，由於重疊的增量作用，使得其所表程度比基式要重一些，二者一般可以替換使用。例如：

（24）我才考了 61，剛／剛剛兒及格［tɕi^{31} kai^{24}］。

（25）這個縫兒太窄了，剛／剛剛兒能擠過去。

（26）他剛／剛剛兒到我脖子跟兒。

（27）飯做少了，剛／剛剛兒夠吃。

（28）他哩腳崴著好幾天了，這才剛／剛剛兒好，就急著下地幹活兒去了。

2.7 可［kʰɤ^{54}］

普通話中「可」是語氣副詞（見《現代漢語八百詞》1999：333），一般用來表示強調語氣（程度由輕到重都有）。唐河方言中的副詞「可」也可作語氣副詞，但又可以用來做程度副詞，意義與普通話前置的程度副詞「很」相當，但功能有異，如「很」作狀語很少句末很少用事態助詞「了」，而「可」則常和句末的「了」共現，而且用「可」通常附有感歎語氣，「很」則沒有。

唐河方言中副詞「很」是唯補詞，不能前置作狀語，只能後置作補語，因此普通話中「很」作狀語表示程度的句子在唐河方言中通常要轉換成「可」構成的句子。「可」在唐河方言中作程度副詞，可以修飾形容詞、心理動詞等，表示「很、特別」的意思，帶有感歎語氣。例如：

（29）今兒哩日頭可好了，你給被子拿出來曬曬。

（30）這菜可酸，牙都給我酸倒了。

（31）這藥可有效了，吃了三劑頭就不疼了。

（32）我可想你，你啥時候回來？

（33）小娟可喜歡看動畫片兒了。

2.8　通［t^{h}uŋ^{24}］

「通」作程度副詞主要修飾謂詞性詞語，通常在句末要有助詞「著哩」相呼應，義為「相當、及其」，有一種時間、空間、性狀、能力等在程度上無限延展的意味。

（34）還通早著哩，你急啥？

（35）你通不沾不行著哩。

（36）那娃兒通壞著哩。

（37）這河通深［tʂ^{h}ən$^{24\text{-}33}$］著哩。

（38）通得［tai^{24}］需要一會兒。

（39）這衣裳還通能穿哩。

程度副詞「通」沒有重疊式，「通通」是範圍副詞，跟普通話相同，義為「全部」。

2.9　生［ʂəŋ^{24}］、精［tsiŋ^{24}］、黢［ts^{h}y^{24}］、滂［p^{h}aŋ^{24}］、稀［ɕi^{24}］、齁［xəu^{24}］

這幾個成分有人當做程度副詞。它們有專職的組合，即構成「生疼、精光、黢黑、滂臭、稀爛、齁鹹」，除此之外幾乎不修飾其他謂詞性成分，雖然搭配成分「疼、光、黑、臭、爛、鹹」等都是可以獨用的，組合本身也有程度深的意義，但由於它們的專職性，這種組合似乎可以看作「通紅」一類的狀態形容詞，功能上也與狀態形容詞一致，如作謂語、補語，可以重疊等。這樣，這些成分也就成了詞內成分，而不宜看作副詞了。

3. 時間副詞

3.1　老早［lau^{31} tsau^{54}］、老不早［lau^{31}・pu tsau^{54}］

「老」本讀［lau^{54}］，在這兩個詞裏變讀為［lau^{31}］。「老不早」中的「不」是來自於否定副詞「不」還是只是一個輔助音節，目前尚不確定。這兩個時間副詞異形同義，都是「很早」的意思，作狀語修飾動詞、形容詞等，一般和「就」搭配使用。例如：

（40）我老早／老不早就來了，瞎等了你半天。

（41）我老早／老不早就去過北京了。

（42）飯老早／老不早就做中了。

3.2　剛［tɕiaŋ^{24}］、剛剛兒［tɕiaŋ$^{24-33}$・tɕiɜr］

「剛」宕攝開口一等平聲唐韻見母字，郭錫良《漢字古音手冊》（1986：249）對其聲母的上古、中古擬音都是舌根音［k］，普通話繼承古音也是［k］；同屬唐韻見母的「岡、崗、綱、缸」等在普通話和唐河方言中的聲母也都是舌根音［k］，唐河方言中唯獨沒有同聲的「剛」，倒是音［tɕiaŋ^{24}］的詞充任了這個位置，在漢語的其他方言（如哈爾濱、烏魯木齊、濟南、蘇州、揚州、杭州、上海、丹陽、寧波、南昌、萬榮、太原、婁底、績溪等地方言。見李榮2002：3192～3194）中也存在這種現象。根據古今音的演變過程和今方言的語料，我們認為唐河方言中的［tɕiaŋ^{24}］的本字便是「剛」，［tɕiaŋ^{24}］是「剛」擴大音變（由二等擴大到一等）的結果。相應的，在唐河方言中，「剛剛兒」讀［tɕiaŋ$^{24-33}$・tɕiɜr］，「剛才」讀［tɕiaŋ$^{24-33}$・ts^{h}ai］，可作旁證。

就語法功能來看，唐河方言中的「剛」相當於普通話的時間副詞「剛」和「剛剛」，可以修飾動詞和表示變化的形容詞，表示發生在不久前，分兩種情況：

一是指說話前不久發生，例如：

（43）飯剛做中。

（44）他剛走一時兒時兒。

（45）窟窿剛好。

二是指緊挨在另一動作之前發生，後面常用「可、就」等呼應，例如：

（46）剛吃了飯你可又餓了。

（47）我剛買好厚衣裳，天可冷起來了。

（48）你咋剛來就要走哩？

普通話中的「剛」還可以作程度副詞表示「正好在那一點上」和「勉強達到某一程度，僅僅」的意思。唐河方言中的「剛」［tɕiaŋ^{24}］不具備這兩種用法，而是分別用「正、正好兒、樣肯兒」和程度副詞「剛［tɕiaŋ^{312}］、剛剛兒［tɕiaŋ$^{312-31}$ tɕiɜr^{24}］」來表示。例如：

（49）這雙鞋大小正得勁合適。

（50）還剩五個饃，一家兒一個正好／樣肯兒夠。

（51）掛哩太高了，剛能艮［kən^{312}］夠見。

（52）他個兒不算高，剛剛兒一米六零。

唐河方言中的「剛剛兒」[tɕiaŋ24-33 · tɕiɜr] 不同於普通話中的副詞「剛剛」，而是跟「剛才」一樣是個名詞，體現在：

1）普通話中「剛、剛剛」修飾的動詞後面可以加時量詞語，唐河方言中的「剛」可以，「剛剛兒」一般不可以，除非特別近特別短的時間，但意思有別，此時用「剛」表示一個動作結束到另一個動作開始之間的時間短，用「剛剛」表示剛發生的動作持續的時間。例如：

（53）他剛（*剛剛兒）來半個月，對這兒還不熟。

（54）老師剛（*剛剛兒）走班裏（同學們）可亂起來了。

（55）小強剛跑半個鐘頭兒，老師可來點名兒了。

（56）小強剛剛兒跑了半個鐘頭兒，一身臭汗回來了。

2）普通話的「剛剛、剛」後不可以用否定詞，唐河方言中的「剛剛兒」後可以。例如：

（57）你剛剛兒沒聽見老師在點你名兒？

（58）我剛剛兒不想說話。

3）普通話的「剛剛」是副詞，只能作狀語，不能作定語；唐河方言中的「剛剛兒」是時間名詞，既可以作狀語，也可以作定語。例如：

（59）剛剛兒那個人是誰？

（60）你剛剛兒上哪兒去了？

3.3　直勁兒 [tʂʅ24-42 tɕiər312]、到了兒 [tau312-31 liaur54]

「直勁兒」和「到了兒」都是時間副詞，意思都是「最終」，例如：

（61）龍娃兒學習可用功了，直勁兒考上了大學。

（62）到了兒還是老楊拿了個一等獎。

二者還引申出「果真」的情態意義，例如：

（63）她直勁兒沒來，看來真是生氣了。

（64）這事兒到了兒是你幹哩。

3.4　頃刻 [tɕhiŋ24-33 · khai]

「頃刻」在普通話中是時間名詞，意為「極短的時間」，在唐河方言中意思基本一致，但功能全異，是一個表示將然時間副詞，修飾謂詞性成分，比普通話時間名詞「頃刻」的語氣要緩和一些，含有「過一會兒、等一會兒」的意思，常和「就」搭配使用。例如：

（65）你先等一時兒，我頃刻就到了。

（66）你再改那兒瘋勢，頃刻我就揍你。

（67）白鬧了，頃刻咱就回家了。

3.5 就［tәu312／·tәu］

「就」為流攝開口三等去聲宥韻從母字，上古和中古聲母擬音都是［dz］（郭錫良 1986：181），唐河方言兩讀，作動詞音［ʦiәu312］，意為「靠近，配（著吃）」，作副詞音［tәu312］（前有其他成分時常讀輕聲）。副詞「就」聲母讀［t］是古音的遺留，在貴州方言中的舊讀（王平 1994：197）和黎川方言中（顏森 1995：107）的聲母也是［t］，而在婁底方言中還保留著上古音［dz］（顏清徽 1994：94）。語法功能上，唐河方言中［tәu312］的表現也跟普通話中的「就」［tɕiou51］一致，可以作時間副詞、範圍副詞、語氣副詞等，可見這個［tәu312］的本字就是「就」。

唐河方言中「就」作時間副詞修飾謂詞性成分，表達不同的意思，如下：

1）表示很短時間以內即將發生，例如：

（68）白急，這就走哩。

（69）明兒哩就開學了。

（70）飯就好，再忍一時兒時兒。

2）強調在很久以前已經發生，「就」前必須有時間詞語或其他副詞，例如：

（71）這首詩我五歲就會背了。

（72）他起小兒就聽話。

（73）秋裏天短夜長，老早天就黑了。

3）表示兩件事緊接著發生，如：

（74）他吃了飯就睡瞌兒去了。

（75）再吃就噎著了。

（76）一放假我就回家。

3.6　多早晚兒［tuo^{42}・tɜr］、恁早晚兒［nən$^{312-31}$・tɜr］、鎮早晚兒［tʂən$^{312-31}$・tɜr］

詳見第二章第二節合音部分。

4. 頻率副詞

4.1　肯［k^{h}ən^{54}］

「肯」在唐河方言中作狀語時有兩個類別，一是頻度副詞，表示「經常」，強調客觀的頻繁；一是能願動詞，意為「願意」，強調主觀的意願。前一種用法不見於普通話，後一種用法跟普通話相同。正因為兩種用法都常出現在狀語的位置，因而有時會造成歧異，一般情況下上下文語境都能化解歧異。例如：

（77）a. 他肯來喝酒，一個星期我就碰見他好幾回了。

b. 我找過他了，看他哩意思是肯來吃飯。

（78）a. 我飯時兒［fan$^{312-31}$ ʂər^{42}］吃飯的時候肯去他們看電視，他們家有啥事兒我都著得。

b. 我叫他來，他說是飯時兒，不肯來，怕撳他在這兒吃飯。

（79）a. 天冷哩時候兒，關節炎肯犯。

b. 這娃兒認生，見到熟人兒才肯說話。

以上三例中 a 都是「經常」義，b 都是「願意」義。

4.2　老是［lau^{54}・ʂʅ］、光［kuaŋ^{24}］

「老是」和「光」是「經常」的意思，修飾謂詞性成分，帶有消極評價的意味，往往用來表示不滿或抱怨。例如：

（80）這段時間老是／光下雨，成天悶到屋子裏，快憋死了。

（81）他老是／光跟我借錢，借了又不記著還。

（82）這倆娃兒老是／光搁業打架，弄哩兩家兒大人都不對勁兒了。

4.3　不大兒［pu$^{24-33}$ tɜr^{312}］

「不大兒」作頻率副詞，意為「不常」，作狀語修飾動詞性詞語。例如：

（83）往年這個時候兒不大兒下雨，今年不著咋了，光下。

（84）那個地宅兒太偏了，我不大兒去，路不熟。

（85）他怕俺們哩老黃狗，不大兒往俺們來。

「不大兒」作為形容詞短語「不大」的小稱兒化形式和程度副詞的用法詳見上文 2.4。

4.4　成天［tʂʰəŋ^{42} tʰian^{24}］、天天兒［tʰian$^{24-33}$・tʰiər］、見天［tɕian$^{312-31}$ tʰian^{24}］

前兩個時間副詞都表示「經常」的意思，跟普通話的「成天、天天」的表義和語法功能基本相同，修飾謂詞性詞語，表示動作、行為的經常性。唐河方言中很少用「常常、經常」這類較文雅的詞語，「成天、天天兒」的使用頻率比較高，意義也較為虛化。例如：

（86）他成天／天天兒窩到屋裏看書。

（87）老王成天／天天兒吸煙，牙都薰黃了。

（88）老亮成天／天天兒來賭，弄哩他老婆兒都不跟他了。

「見天」的意義較實在，表示「每天」的意思，上面三例不能用「見天」來替換。「見天」作狀語修飾謂詞性成分，常和「就」搭配使用。例如：

（89）我媽叫我見天吃俩雞蛋，這個樣兒才能長胖。

（90）他可乾淨了，見天都要洗個澡。

（91）當中學老師可使累人了，見天都要坐班兒。

4.5　不住閒兒［pu$^{24-33}$ tʂu$^{312-31}$ ɕiər^{42}］

「不住閒兒」是個固定短語，由於經常整體作狀語，可以看作一個詞化程度較淺的副詞，意為「不斷地」，帶有不滿、厭煩的主觀意味；往往後附助詞「哩」作狀語。例如：

（92）老王睡瞌兒哩時候不住閒兒哩扯嘿嘍打鼾，弄哩我都睡不成。

（93）你請在那兒不住閒兒哩鬧就是了，一會兒我就給你一腳！

（94）你咋不住閒兒哩打噴嚏哩？是不是夜兒黑凍著了？

4.6　直［tsɿ^{54}］、橫［xuŋ^{312}］

「直」作副詞讀［tsɿ^{54}］（範圍副詞「只」亦如是），作形容詞讀［tʂʅ^{54}］；「縱橫」的「橫」為梗攝合口二等平聲庚韻字，在唐河方言中還保留著較古的音，而且變讀去聲，音［xuŋ^{312}］；「直」和「橫」在唐河方言中可以作形容詞和副詞，副詞的用法可能是由其常處於狀語位置語法化而來的，義為「一個勁兒，不斷地」，表示某一動作行為引起的反覆性的結果，二者有時可以互換，但「橫」更傾向於修飾動作性強的動詞，「直」則相反。例如：

（95）今兒哩太冷了，凍哩我直／橫撒。

（96）小剛給他媽氣哩橫蹦。

（97）恁熱哩水他也沒摸下兒就喝，給他燙哩橫協火。

（98）小娟割住手了，給她疼直哭。

（99）她笑哩直流眼淚豆兒。

4.7　由意兒［iau42 iər24］

「由意兒」意為「一直、由著性子」的意思，可能來自於「由著自己的意」的簡縮凝固詞化，「由」本讀［iəu42］，這裡變讀［iau42］。「由意兒」作狀語修飾動詞性詞語。例如：

（100）你要是不去哩話跟人家說下兒，白叫人家在那兒由意兒等。

（101）他們夜黑由意兒說由意兒說，聒哩我都睡不著。

（102）你去勸勸她吧，沒人理她哩話她就由意兒賴著不走。

4.8　一門兒［i24-33 mər42］、一白兒［i24-33 pər42］

這兩個詞意思相同，意為「一直」，可以自由替換，［mər42］和［pər42］本字未明，可能是同一個語素的自由變體。修飾動詞性詞語，表示動作行為一直延續到某個時間。例如：

（103）他倆夜兒黑看電視一門兒／一白兒看到天亮。

（104）他從夜兒後半兒三點多一門兒／一白兒睡到今晌午。

（105）說哩晌午十點見面兒，我一門兒／一白兒等到後半兒兩點都沒見人兒。

（106）讀到博士畢業你一門兒／一白兒得讀到三十歲。

5. 範圍副詞

5.1　一事兒［i24-42ʂər312］、一夥［i24-33 xuo54］、一下（兒）［i24-42 ɕian312／ɕiər312］

「一事兒」表示總括全部，意為「總共」；「一夥」表示數量統計，意為「全部」；「一下」前鼻音尾可能是口口訛傳的變體，既可以表示總括全部，也可以表示數量統計，意為「總共」或「全部」。不同的是，「一事兒」既可以修飾動詞性成分，也可以修飾數量名短語，「一夥」和「一下」只能修飾動詞性成分。例如：

（107）一事兒五千，你們五個人一家兒出一千。

（108）買了五本兒書一事兒花了二百多塊錢。

（109）俺們學校今年一事兒考上五個北大。

（110）你得給飯一夥／一下吃了，不吃就糟濟了。

（111）家裏就剩這點兒糖了，一夥／一下給你。

5.2 純［tʂʰun^{42}］、淨［tsiŋ^{312}］

唐河方言中的副詞「淨」跟普通話基本一樣。「純」和「淨」都是表示總括意義的範圍副詞，常和「是」搭配使用，一般情況下可以互相替換，二者在感情色彩上有差異，「淨」可以表達不滿、抱怨的消極評價意義，「純」可以表達積極的評價意義。例如：

（112）今兒哩來打針哩淨／純是十歲以下哩娃兒們。

（113）路邊哩電線杆兒上掛哩淨／純是小國旗。

（114）俺們家路兩邊兒種哩淨／純是白果樹。

（115）這娃兒老是跟人家打架，臉上淨是卜鱗子［pu^{33} lin^{24} · tsɿ］條狀傷痕。

（116）不盯顧絆了一跟頭，身上淨是泥巴。

（117）叔從上海回來帶哩純是好吃哩。

（118）這回考試哩題不難，純是複習過哩。

「淨」除了可以和「是」搭配外，還可以修飾其他動詞，表示總括，語義上指向動詞支配的內容，含有不滿、抱怨的消極評價意義。例如：

（119）你淨胡說。

（120）你淨幹些見不得人哩事兒。

這種情況似乎與普通話中的頻率副詞「淨」有些相似，但從語義指向上來看，頻率副詞「淨」指向動詞，範圍副詞指向動詞支配的內容，因此唐河方言中的這類「淨」宜看作範圍副詞。

另外，「淨」還可以表示「光、只」的意思，修飾動詞性成分，表示對範圍的限定。例如：

（121）淨想著給你辦事兒了，我自己哩事兒全都忘了。

（122）他淨挑好哩，不好哩都塞給別哩別人了。

5.3　就［tәu³¹²／·tәu］

「就」作範圍副詞，可以確定範圍（義同普通話的「只」）或強調數量多寡，跟普通話的用法基本一樣，由於語音上特殊（詳見上文 3.5）而且常用，這裡也作描寫。如下：

1）就（有）＋名詞。

（123）我就（有）一個筆，借給你我沒法兒寫作業了。

（124）屋裏就（有）一張床，睡不了仨人。

2）就＋動詞＋賓語。「就」重讀，表示動作只適用於賓語，不適用於賓語以外的事物。例如：

（125）我就想吃雞蛋。（不想吃其他的食物）

（126）老趙就買了一雙襪子。（沒買其他東西）

3）就＋小句形式。「就」重讀，排除主語所指以外的事物。例如：

（127）就你一個兒中。（別人都不中）

（128）一個班就小林考上了重點大學。（其他人都沒考上重點大學）

4）就＋動詞＋數量詞語。「就」重讀和輕讀意義有別，重讀表示說話人認為數量少，動詞有時可以省略，例如：

（129）你不是老早就餓了們？咋就吃了半碗兒飯哩？

（130）我就（有）十塊錢，借給你我就沒法吃飯了。

「就」輕讀，前面的詞語重讀表示說話人認為數量多，動詞有時可以省略，例如：

（131）他一頓飯就吃了五個饃，飯量可真大。

（132）人家一家兒才發一百，你一個兒就（發）五百。

5.4　滿圈兒［man⁵⁴·tɕʰyәr］

「滿圈兒」意為「到處」，但使用範圍比普通話中的表示遍指的「到處」要窄，僅指處所的範圍。例如：

（133）他一有空兒就滿圈兒跑。

（134）衣裳扔哩滿圈兒都是。

（135）你上哪了，滿圈兒找你都找不著［tʂuo^{42}］。

5.5 另再外［liŋ$^{312-31}$・tsai uai^{312}］

唐河方言中「另外」跟普通話用法相同，可以作範圍副詞、形容詞和連詞，義為「上文所說的範圍之外（的人或事）」。唐河方言中還有一個範圍副詞「另再外」，大致等同於「另外再」或「再另外」，可以替代副詞「另外」的部分功能，也就是說，用「另再外」的地方可以用「另外」替換，但用「另外」的地方不一定可以由「另再外」替換，一般是「另外」與「還」等搭配的時候。例如：

（136）衣裳爛了算了，我另外（再）/ 另再外給你買一個。

（137）衣裳趕著穿，（再）另外 / 另再外買都來不及了，這件兒將就著先穿。

（138）這個法兒不中用，他們另外 / 另再外又想了一個。

（139）他們又另外 / 另再外找了幾個人幫忙。

（140）這包兒洗衣粉兒你拿去使吧，家裏另外（*另再外）還有一包兒。

5.6 單哩單［tan$^{24-33}$・li tan^{24}］

「單哩單」作範圍副詞，也是「上文所說的範圍之外」的意思，但跟「另外、另再外」相比，強調的是「單獨」，常跟「又、再」等搭配使用。例如：

（141）單哩單給你買個洗腳盆兒，白叫你哩腳氣傳染一家子。

（142）你來哩太晚了，俺們給飯都吃完了，單哩單給你再做一鍋吧。

（143）小剛不得勁請了幾天假，落下哩課老師又給他單哩單上了一遍兒。

上例中的「單哩單」都可以換作「另外」或「另再外」，但失去了原例中所強調的「單獨」的意思。

6. 情狀副詞

6.1 忙哩［maŋ^{42}・li］、一動［i$^{24-42}$ tuŋ^{312}］

「忙哩」和「一動」都是「趕忙、趕緊」的意思，用來修飾動詞性詞語，一般可以互換，「一動」只能用在祈使句中。例如：

（144）看見老師走過來，小莉忙哩給手機藏起來。

（145）眼看著飯都渝［yu^{24-33}］粥沸騰漫出出來了，忙哩給鍋蓋掀起來。

（146）你忙哩／一動走，一會兒娃兒看見又要攆你哩。

（147）下雨了，忙哩／一動給屋頂兒曬哩包穀收收。

（148）飯都做好了，忙哩／一動給衣裳穿穿起來吃。

6.2　橫樑兒［$xuŋ^{312-31}$ $liɜr^{42}$］

「橫樑」在唐河方言中有兩種用法，一是作名詞，音［$xuŋ^{312-31}$ $liaŋ^{42}$］，指建築上橫向鋪設的梁。一是作副詞，要兒化，音［$xuŋ^{312-31}$ $liɜr^{42}$］，修飾動詞性詞語，表示「橫著」的意思。例如：

（149）這娃兒喜歡橫樑兒睡，被子老是蓋不住腳。

（150）桌子橫樑兒擱，省地宅兒。

（151）給這個板子橫樑兒支起來能當凳子坐。

6.3　乾［kan^{24}］

副詞「乾」是「徒勞、白白」的意思，修飾動詞性詞語，表示動作行為的持續或反覆未達到言者的意願，常常構成動詞的拷貝格式（詳見第三章第一節重疊部分）。例如：

（152）你到底在忙啥哩？乾等你不來。

（153）這個謎太難了，乾猜猜不出來。

（154）地裏水太多了，乾抽抽不完。

有時「乾」用來表達言者的一種建議，依然表示動作行為的持續或反覆，但句中並不出現動作主體的意願。例如：

（155）你乾急有啥用，得想個法兒。

（156）你白在那兒乾站著，過來幫幫忙。

6.4　胡肆［xu^{42}・si］

表隨意義的副詞「胡、胡亂」在唐河方言和普通話中通用，如「胡／胡亂說、胡／慌亂扯、胡亂吃了幾口」等，只是二者在使用上受單雙音節韻律的限制而分布有所差異。唐河方言中的「胡肆」跟「胡亂」義同，即表示隨意亂來的意思，功能也比較一致，即修飾動詞性詞語。例如：

（157）電視貴哩著急，白在那兒胡肆／胡亂擺置。

（158）他淨改那兒胡肆／胡亂扯，白聽他哩。

（159）小亮給作業胡肆／胡亂寫寫交上了。

（160）路上一層水坑兒，黑了沒事兒白出去胡肆／胡亂跑。

6.5 當把兒［tuaŋ$^{24-33}$ pɜr^{42}］、單門兒［tan$^{24-33}$・mər］、專一［tʂuan$^{24-33}$・i］

這三個副詞詞義和功能基本相當，一般用來修飾動詞性詞語，表示有意、特意或故意去做某事。其中前兩個是地域變體，唐河南部多說「當把兒」，北部多說「單門兒」，這兩個詞本字未明，「當」的讀音［tuaŋ］的聲韻配合是超常規的。例如：

（161）著得你腳小，當把兒／單門兒／專一給你買了雙小碼兒哩。

（162）我當把兒／單門兒／專一給衣裳被子拿出來曬曬哩，誰叫你收進來哩？

（163）你是當把兒／單門兒／專一來給我找事兒哩吧？

（164）小傢伙兒可壞了，當把兒／單門兒／專一屙到那路當中［taŋ$^{24-33}$ tʂʰuɜr^{24}］。

6.6 出心［tʂʰu$^{24-33}$ sin^{24}］

「出心」有褒貶兩方面的意思，褒義指誠心誠意，貶義指存心、故意，修飾動詞性詞語。例如：

（165）我出心給你幫忙，末後了兒落你一肚子埋怨，我這是圖啥哩？

（166）王老師出心幫我找工作，我心裏感激哩很。

（167）你是出心氣我哩吧？

（168）他是出心叫你不痛快，白跟他一樣。

6.7 故岔兒［ku$^{312-31}$・tʂʰɜr］、故樣兒［ku$^{312-31}$・iɜr］

「故岔兒」和「故樣兒」義同普通話中的「故意」，即明知不應或不必這樣做而有意地這樣做，含貶義。「故岔兒」常用，「故樣兒」比較少用。例如：

（169）他故岔兒給香蕉皮扔到地下。

（170）小剛故岔兒掌土拉土塊簪［tsan$^{24-33}$］投我。

（171）他故岔兒／故樣兒給路當中兒擺一拉趟兒一排磚頭。

（172）小強只顧著看小說，他媽喊他吃飯他故岔兒／故樣兒當沒聽見。

「故岔兒」和「故樣兒」還可以連用構成「故樣兒故岔兒」，表示人故意做出某個動作，功能相當於狀態形容詞，可以作定語、謂語和狀語等。例如：

（173）你看他那個故樣兒故岔兒哩樣子。

（174）他吃個飯總是故樣兒故岔兒哩，坐沒得個坐像，吃沒得個吃相。

（175）他故樣兒故岔兒哩走過來。

6.8　猛不防兒［məŋ^{54}・pu fɜr^{42}］、抽楞子［tʂ̩^{h}əu$^{24-33}$ ləŋ$^{24-33}$・tsɿ］

「猛不防兒」意為「冷不防、突然」，修飾動詞性詞語，表示動作行為的發生急促而出人意料。例如：

（176）他猛不防兒從後頭蒙住我哩眼，叫我猜他是誰。

（177）狗娃兒猛不防兒躥出來，嚇哩我一冷驚下子。

（178）學校猛不防兒要檢查宿舍衛生，叫學生們慌哩不得了。

「抽楞子」為記音字，本字不明，意為「突然」，修飾動詞性詞語，表示趁人不注意突然發出某一動作，指人有意識的具體的行為，一般可以用「猛不防兒」替換。例如：

（179）抽楞子／猛不防兒上去給他一腳。

（180）他從後頭抽楞子／猛不防兒給人家哩帽子取掉就跑。

（181）趁他吸煙哩時候兒抽楞子給煙欻［tʂ̩^{h}ua^{54}］趁其不備奪取走。

6.9　一路兒［i$^{24-33}$ lur^{24}］

普通話中的副詞「一塊兒、一起」既可以作名詞表示同一個處所，也可以作副詞表示一同。唐河方言中「一塊兒」［i$^{24-33}$ k^{h}uər^{54}］是數量詞，「一起」要兒化或加子綴，也是數量詞。唐河方言用「一堆兒」來對應普通話中的名詞「一塊兒、一起」，用「一路兒」來對應普通話中的副詞「一塊兒、一起」。例如：

（182）我跟我哥一路兒往城裏。

（183）蜂蜜跟韭菜不能一路兒吃。

（184）俺們一路兒上了八年學

（185）明兒哩我給錢跟衣裳一路兒給你寄去。

普通話中的「一塊兒、一起」作副詞只表示在空間上合在一處或在同一地點發生的事情，表示在同一時間發生的事情要用副詞「一齊」，唐河方言中的

「一路兒」也同時對應著普通話「一齊」的功能。例如：

（186）咱倆一路兒起跑兒，看誰先跑完一圈兒。

（187）睡恁早抓哩？再玩會兒，咱倆一路兒睡。

（188）他倆一路兒跑到終點哩。

6.10 只差［$tsɿ^{54}$・$tʂ^{h}a$］

這個「只差」可能來自於「只＋差［$tʂ^{h}a^{24}$］＋NP」（如「只差兩塊錢／一個人」等）的跨層語法化，重新分析為一個可以修飾謂詞性成分的副詞，表示一種極端的狀況，義為「差一點兒」。例如：

（189）磚頭砸著手了，疼哩他只差流眼淚豆兒。

（190）這娃兒太不爭氣了，給他媽氣哩只差去死。

（191）小紅直勁兒考上大學了，給她美哩只差哭出來。

（192）想你想哩我都只差坐飛機去找你。

6.11 好（一）懸［xau^{54}・i $çyan^{42}$］

「好（一）懸」意為「差一點」，一般修飾動詞性成分，常跟「就」搭配使用，也可以單說（此時「一」不能省）。例如：

（193）白站到河邊兒邊兒起，上回我就好（一）懸掉下去了。

（194）路可真滑，我好（一）懸就絆倒了。

（195）我哩四級好（一）懸就過了，就差了個 0.5 分兒，真臊氣倒楣。

（196）我好（一）懸就逮住那個狗娃兒了。

（197）A：你剴住那個小偷兒沒有？

B：好一懸，眼看著就抓住他了，我絆了一跟頭，叫他跑了。

6.12 樣肯兒［$iaŋ^{312\text{-}31}$ $k^{h}ər^{54}$］、樣美兒［$iaŋ^{312\text{-}31}$ $mər^{54}$］

「樣肯兒」和「樣美兒」本字未明，二者當是同一詞的自由變體，唐河南部多說「樣肯兒」，北部多說「樣美兒」，意為「正好、恰好」，可以修飾謂詞性詞語和數量詞語，表示（時間、空間、數量等）正好在某一點兒上，有不早不晚、不前不後、不多不少的意思。例如：

（198）你不是要複寫筆們，我樣肯兒有一個不使了，算你哩送給你吧。

（199）今兒哩我樣肯兒／樣美兒有空兒，就跟你一路兒去吧。

（200）這衣裳大小樣肯兒／樣美兒合身兒。

（201）俺們來牌正缺一個人哩，樣肯兒／樣美兒你來了。

（202）從家到學校樣肯兒／樣美兒二里路。

6.13　強勉［tɕʰiau⁵⁴・mian］

「強勉」是「勉強」的逆序詞形，但意思有別，語音也有差異。「強勉」一般修飾動詞性詞語，表示人因心情不好、生病等而能力不足，但又勉強為之。例如：

（203）你強勉吃點兒吧，不哩這身子咋會能抗住哩？

（204）休［ɕiəu⁵⁴］了一個多月，腿好點兒了，這兩天強勉能走幾步。

現在唐河方言受普通話影響有「勉強」的用法，可以替換「強勉」，但失去了原有的俚俗色彩，本地人聽起來不地道。

7. 否定副詞

7.1　不［pu²⁴］哩、不幹

唐河方言中的「不」跟普通話的功能大致相同，可以作副詞表示主觀上的否定，也可以作助詞，即作能性述補結構否定式的標記。不同的是，唐河方言中的否定副詞「不」不單說，普通話中單說的情況，唐河方言中要跟相關詞語結合著說。例如：

（205）A：咱們一路兒去玩兒吧。

B：不去，我哩作業還沒做完哩。

（206）A：你這個玩意兒算我哩吧？

B：不幹／不哩，這是我叔在國外給我寄回來哩，可貴了。

（207）A：今黑就摸俺們吃飯吧？你哩飯都做下了。

B：不哩了，家裏還有倆娃兒得招呼。

上述答語中的「不去、不幹、不哩、不哩了」等在普通話中都可以單用一個「不」字來替代。

普通話的口語中反覆問句「V 不 V」可以省去第二個 V，形成「V 不」格式，這其實是現代漢語中「不」字虛化為是非問句語氣詞的一個端倪，類似於語氣詞「嗎」語法化的早期階段。唐河方言中老派（60 歲以上）不說「V 不」

格式，新派有人說，例如：

（208）我要上街，你去不？

（209）你哩衣裳髒不？髒了我給你洗洗。

這可能有兩個方面的原因，一是唐河方言中沒有是非問句語氣詞「嗎」，是非問往往只用語調來表達，或者要轉化為反覆問句，「V 不」格式的產生可以使唐河方言是非問系統更加完備；二是唐河方言受普通話是非問格式的影響而借入跟內部系統相協調的「V 不」格式。

7.2 沒［mu^{24}］、沒有［mu^{24-33} $niəu^{24}$ / $nəu^{24}$ / $iəu^{24}$］、沒得［mu^{24-33} nai^{42} / tai^{42}］

唐河方言中「沒（有）」的功能跟普通話基本一致，兼作動詞和副詞，作副詞表示客觀的否定；唐河方言中還有一個否定詞「沒得」主要承擔了「沒有」的動詞的功能，使用頻率比「沒有」還高。「沒得」還可以作未然體副詞，讀音有變化，讀為［mu^{24-33} tai^{24}］，常跟「還」搭配使用，例如：

（210）我還沒得去哩，你可都來了。

（211）車還沒得走哩，你一動去坐吧。

（212）飯還沒得做中，再忍一時兒就好了。

關於「沒有」和「沒得」的來源及演變，詳見本章第五節的內容。

7.3 不得［pu^{24-33} tai^{42}］

「不得」沒有對應的肯定形式「得」(「得」可作助動詞表示「需要、必須、應該」，如：得仨人才能搬動、這事兒得你自己去、有啥事兒得跟我商量；可作形容詞，意為「舒服、開心」，是雙音節形容詞「得勁」的省略），經常作狀語修飾動詞性詞語，表示「不被允許、不能」的意思，因此可以看作一個詞化的形式，作禁止副詞。例如：

（213）誰要是作業沒做完，就不得回家吃飯。

（214）街上那家澡堂關了，不得去洗澡了。

（215）你上課看小說，叫王老師收走你就不得要了。

（216）誰不聽話誰不得看電視。

否定副詞「沒得」和「不得」都用於表示未然體意義，但前者是一種客觀的否定，後者主要是主觀的禁止。

「不得」有一個同形形式，用在動詞後面作補語，一般用來表示建議、勸止的意思，常和「可」搭配使用。例如：

（217）這藥可吃不得，吃了傷身子。

（218）這是公家哩東西，咱可拿不得。

（219）大人哩事兒，你個娃兒家可說不得。

（220）人家這東西多貴多貴買哩，咱可要不得〔註2〕。

7.4　不羌［$pu^{24\text{-}33}$ $tɕ^hiaŋ^{24}$］

「不羌」修飾動詞性結構，表示「可能不、可能沒、不一定、不可能」等意思，「羌」是記音字，本字未明。例如：

（221）老黃是個白字兒客［pai^{42} $tsər^{312\text{-}31}$ k^hai^{24}］，這書他不羌能看懂。（可能不）

（222）他這幾天可忙了，不羌有空兒來。（可能沒）

（223）這東西不羌是誰哩。（不一定）

（224）A：聽說小強考上大學了。

B：不羌吧／總不羌，那貨天天兒都不幹正事兒。（不可能）

「總不羌」是個表示反問的語氣副詞（見下文 8.3），相當於「難道」，也可以表示「不可能」的意思，能夠替代例（224）中的「不羌」，這應該是從其反問用法中引申而來的。

7.5　白［pai^{42}］、白弄［pai^{42}・nuŋ］

否定副詞「白」和普通話中的「別」功能基本相當，可以修飾謂詞性成分，表示禁止或勸阻，只是「別」可以單用，用於回應性話語，「白」沒有這種用法。「白弄」可能是「白」的衍音形式，語氣稍強，除了修飾動詞「弄」不用「白弄」外（也可以理解為語音的「同質兼併」。關於「同質兼併」的論述見施其生 2009），一般二者可以替換使用。例如：

（225）開始開會了，白（弄）說了。

（226）你白（弄）在後頭推我。

（227）開車注意點兒，白（弄）冒失。

〔註2〕「要不得」在唐河方言中還可以作補語表示程度意義，如「這娃兒壞哩要不得」。

（228）遊戲機是人家哩，可白弄壞了。

（229）白（弄）一天到晚兒看電腦，多起來晃晃活動活動。

跟普通話中「別」一樣，除了表示禁止或勸阻外，「白（弄）」還可以表示揣測，所揣測的事往往是自己所不願意的，常常跟「是」合用。例如：

（230）我剛洗完衣裳，白（弄）又要變天哩。

（231）白（弄）是那道題又做錯了吧，我都複習了好幾遍兒了。

（232）等了他半天都還沒見他來，他白（弄）是又標［piau$^{24-33}$］騙人哩。

8. 語氣副詞

8.1 興［ɕiŋ^{54}］、興許［ɕiŋ^{54} ɕy^{54}］

「興」在普通話中只作動詞，義為「創始、流行、准許」等，在唐河方言中除了同樣作動詞外，還可以作語氣副詞。「興許」是普通話中口語色彩較濃的語氣副詞，唐河方言中也用。語氣副詞「興」和「興許」在唐河方言中都是「或許」的意思，表示「不很肯定、有可能」的意思，二者存在分布上的差異，「興」一般只修飾動詞性詞語，位於主語後，比較受韻律的限制，常和「是」合用；「興許」可以修飾動詞性詞語和形容詞性詞語，可以位於主語前或後，可以替換「興」。例如：

（233）他興／興許是來不了了，不等他了，咱們先走吧。

（234）他們兩口倆誰也不理誰，興／興許是吵嘴了。

（235）小琴今兒哩沒來上課，興／興許是不得［pu$^{24-33}$ tai^{24}］生病了。

（236）你去叫他下兒，他興／興許會來哩。

（237）看著怪面熟，興許咱們在哪兒見過。

（238）俺倆忙，興許去不了。

（239）我說不定啥時候兒走，興許早點兒，興許晚點兒。

8.2 估約摸兒［ku^{54} yɛ$^{24-33}$ mor^{42}］

「估約摸兒」修飾謂詞性詞語，表示對數量、時間等的估計或對情況的推測，大致相當於普通話中副詞「大概」。例如：

（240）估約摸兒這崩兒他改在家裏睡瞌兒哩。

（241）我估約摸兒十五號兒才能到家。

（242）這布袋兒蘋果估約摸兒有四五十斤重。

（243）這一年他怪用功，估約摸兒能考上大學。

（244）這個毛衣我穿著有點兒小，你穿估約摸兒正得勁。

8.3　總不羌［tsuŋ^{54} · pu　tɕʰiaŋ^{24}］

「總不羌」相當於普通話的「難道」，一般用在反問句中，加強反問語氣。例如：

（245）總不羌下雨了？天氣預報都說這幾天沒雨。

（246）這道題鎮容易，總不羌你不會做？

（247）你一個小夥子家，總不羌連一個女娃子都打不過吧？

（248）A：老王當上村支書兒了，你知道不？

B：總不羌，就他那老鱉一［lau^{54} piɛ$^{24\text{-}33}$ i^{24}］老實而窩囊樣兒。

例（248）中「總不羌」可以理解為「不可能」的意思，它本身還是表示反問。見上文 7.4「不羌」。

8.4　清［tsʰiŋ^{24}］、清是［tsʰiŋ$^{24\text{-}33}$ · ʂʅ］

「清」和「清是」作副詞可以修飾動詞性詞語，用來加強祈使的語氣。例如：

（249）啥廢話也白說了，你清／清是叫錢還給我。

（250）你這煤俺不買了，你清／清是給它拉走算了。

「清是」還有另外兩種用法，都是修飾謂詞性詞語，一種意思是「無論如何……都……」。例如：

（251）啥藥都吃了，這病清是好不了

（252）清是想不起來剛剛兒要抓哩了。

（253）今黑吃多了，撐哩清是睡不著。

一種是意思是「確實」，例如：

（254）這瓜清是甜哩很。

（255）這天兒清是冷哩很。

（256）天天兒給我沒事兒找事兒，你清是不想混了。

8.5 高低［kau$^{24-33}$・tsi／・ti／・li］、貴賤［kuei$^{312-31}$ tsian^{312}］

「高低」和「貴賤」都是「務必」的意思，修飾動詞性詞語，表示懇切叮嚀，用於祈使句，大致等同於普通話的「千萬」。例如：

（257）你高低／貴賤白去。

（258）這事兒你高低／貴賤白說出去。

（259）你高低／貴賤給我回來。

（260）這錢你高低／貴賤得收下。

8.6 請［ts^{h}iŋ^{312}］

語氣副詞「請」修飾動詞性詞語，有兩種用法：

1)「請」所修飾的動詞性詞語表示的是言者不希望發生或存在的動作行為或現象，字面上是言者放任動作行為的主體按照自身的意願行事，事實上是反話正說，即反語，表示言者對動作行為主體的一種警告或訓誡，大致相當於「要是……就……」。例如：

（261）你請在那兒哭就是了，招呼著狼巴子來吃你。

（262）你們請不上早操了，逮住一回叫你們多跑十圈兒。

（263）請叫他在那兒協火，惹我鬧了非揍他一頓不中。

（264）你請偷偷兒去網吧了，叫你班主任逮住了非給你開除了。

這個「請」［ts^{h}iŋ^{312}］似乎跟普通話的謙敬動詞「請」有淵源關係，若這個假設成立的話，那麼其用作反語的會話含義或語用意義在唐河方言中已經語法化了，由動詞虛化為語氣副詞，這種虛化在語音上的表現就是按語音對應規律本該讀上聲 54 調的「請」（屬梗攝開口三等上聲靜韻清聲母字）變讀去聲 312 調，不過唐河方言不用敬辭「請」。這還只是個假設，尚需進一步去探討驗證。

2)「請」的這種用法與 1) 中所述正好相反，字面意思與會話含義比較一致，但跟普通話的敬辭「請」也不同，表示言者允許動作行為的主體按自己的意願行事，大致相當於「只管……」，常和「就是了」相呼應。例如：

（265）你有事兒請先走就是了，他來了我給他說下兒。

（266）落花兒生俺們多哩是，你請吃就是了。

（267）他得會兒才能回來，你請先吃，我再去炒倆菜。

（268）他想走請走就是了，沒人攔著他。

8.7　就［$tәu^{312}$ / ・tәu］

「就」作語氣副詞表示肯定語氣，分三種情況：

1）就＋是＋名詞。「就是」輕讀，重音落在賓語（即句末名詞上），標示新信息，即句子的焦點。例如：

（269）這就是俺們新買哩房子。

（270）那個穿羽絨服哩就是劉老師。

2）就（是）＋動詞。「就」重讀，表示意志堅定，不容改變，有強調語氣。例如：

（271）這是我哩東西，我就（是）要拿走。

（272）這回考試我就準備倆月了，我就不信考不好。

3）就＋動詞 / 形容詞。主語重讀，「就」輕讀，強調主語即符合謂語所要求支配的情況，無須另外尋找。例如：

（273）這本書我就有，白買了，我哩借給你看。

（274）你不是要出去玩兒們？今兒哩天兒就怪好，抓哩要往後拖。

8.8　半天［$pan^{312\text{-}31}$ $t^{h}ian^{24}$］

「半天」在唐河方言中本是時間名詞，指半天時間，可以表示極言時間之久，一般置於動詞之後，例如：

（275）找了半天都沒找著。

（276）吃了半天還沒吃完。

（277）你咋恁摸拖沓哩，叫我等你了半天。

「半天」副詞的功能當時由此引申虛化而來，放在動詞性詞語前面，主語多在後，表示發現從前不知道的事情，含有恍然醒悟的意思，大致相當於普通話的「原來」。例如：

（278）我還當是誰哩，半天是你。

（279）半天你都到了了，叫我白等你一個鐘頭。

（280）我咋說喊不應［$iŋ^{24}$］應聲哩，半天屋裏沒人兒。

（281）我當把兒給你們準備了一桌子好吃哩，半天你們都吃過飯了。

8.9　虧著［$k^{h}uei^{24\text{-}33}$ ・tʂu / ・tʂɤ］

語氣副詞「虧著」相當於普通話中的「幸虧」，有兩種用法：

1）作為前提條件，用於複句的前一個分句，常跟「要不是、不哩」等呼應，表示因為有了這個前提條件，才避免了某種不好的情況出現。前後兩個主語如果相同，「虧著」放在主語前後皆可；如果兩個主語不同，「虧著」只能放在主語前。例如：

（282）你虧著／虧著你打過防疫針了，要不是你也會傳染這號兒病。

（283）我虧著／虧著我吃過飯了，不哩等到這崩兒都給我餓死了。

（284）虧著你改這兒，要不是誰也沒法兒。

（285）虧著下雨了，不哩又得花幾百塊錢澆地。

（286）虧著你是個黨員兒，不哩你咋能當上輔導員兒哩？

2）反語，表示對事情的出乎意料感到不滿，有輕視和譏諷的意思。例如：

（287）虧著你是個大學生，連個數兒都算不清楚。

（288）不就是兩塊錢們，虧著你還能記兩年哩。

（289）虧著你天天兒喝牛奶，這兩年個兒都不見長。

8.10 容就［$zuŋ^{42}$ $tsiəu^{312}$］

語氣副詞「容就」大致相當於「反正、既然」，一般置於謂詞性詞語前面，指明情況或原因，常和「就」搭配使用。例如：

（290）容就他要去，就叫他替你捎過去吧。

（291）你容就要上街，就替我買一籃兒雞蛋吧。

（292）容就路不遠，咱們就走著去吧。

（293）這點菜容就賺不了錢，還不勝給門兒上［$mɜr^{42}$ $ʂaŋ^{24}$］鄰里分分算了。

8.11 依就［$i^{24\text{-}33}$ $tsiəu^{312}$］

「依就」用來修飾動詞性詞語，表示動作行為主體的比較強烈的意願，即一定要這樣，相當於副詞「非」，常跟「要」合用。例如：

（294）他依就要去，就叫他去吧。

（295）他依就要還你錢，你就接著吧。

（296）這錄音機你依就要退哩話，錢不能全退給你，你都使過了。

（297）老大依就不想上學，你能給他啥法兒。

8.12　為不啥兒［uei$^{312-31}$ · pu ʂɜr^{24}］

「為不啥兒」是一個凝固的結構，可以看作一個詞，一般修飾謂詞性詞語，表示醒悟，即明白了原委，不再覺得奇怪，前後常有表明原因的語句，相當於副詞「怪不得」。例如：

（298）為不啥兒你不去上學哩，你是作業沒做完怕老師嚷你吧？

（299）你給電閘扒了，為不啥兒燈不亮哩。

（300）為不啥沒人理你哩，你叫人都得罪［tai^{42} tsiɛ^{312}］了。

（301）A：那兒有個人一直給你打招呼兒哩。

B：那是我一個同學兒，他這人不一實［i$^{24-33}$ · ʂʅ］實在、本分，我不想理他。

A：為不啥兒哩，我還以為你沒看見哩。

8.13　正務正［tʂəŋ$^{312-31}$ · u／ · ku tʂəŋ^{312}］

「正務正」意為「正兒八經地、認真地」，修飾動詞性詞語，一般用在反問句中，常跟表示反問的「就不會」合用；中間一個音節兩讀皆可，為自由變體，其本字應為「務」，讀［ku］當是受「正」後鼻音韻尾同化的結果。例如：

（302）這娃兒說話咋搗搗計計愛開玩笑哩？你就不會正務正說？

（303）白扭來扭去哩，給我正務正坐好。

（304）穿個衣裳都不識識閒兒閒不下來，就不會正務正穿？

（305）你就不會正務正寫啊？看你這字兒都寫哩歪歪扭扭哩。

8.14　豎橫［ʂun^{42} xuŋ^{312}］

「豎橫」意為「無論如何」，修飾謂詞性詞語，相當於副詞「死活」；「橫」讀［xuŋ^{312}］是保留了較古的音，「豎」讀［ʂun^{42}］帶鼻音則是受後一音節的逆同化的結果。例如：

（306）叫他來吃飯，他豎橫不來。

（307）想跟她擱班兒［kɤ^{54} pər^{24}］合夥兒開個小賣部兒，她豎橫不幹。

（308）這錢本來就該分給他，可他豎橫不要。

（309）豎橫是我哩錯，這你就美滿意了吧？

8. 15　不兒哩［pər$^{24-33}$ · li］

詳見第二章第二節合音部分。

第二節　介　詞

介詞是人類語言普遍存在的一種詞類範疇。目前傳統的漢語研究文獻所謂的介詞指的是從動詞演變而來的用於引出與動作相關的對象（施事、受事、與事、工具）以及處所、時間等的一類虛詞（詳見朱德熙 1982：175），如「被、把、跟、用、在」等；就其句法分布來看，一般置於它所介引的體詞性成分之前，共同構成介賓結構，介賓結構一般置於它所修飾的謂詞性成分之前，少數文言遺留下來的介詞（如「向、自、於、以」等）所構成的介詞結構也可以置於所修飾的謂詞性成分之後。

劉丹青（2003）從語言共性和語言類型學的視角，通過對漢語方言的具體分析和對國外語言學成果的借鑒，將漢語介詞的內涵作了新的闡釋。劉文採用了沈家煊（《語言共性和語言類型》中譯 1989）對 Comrie（1981）中 adposition、preposition、postposition 的翻譯即「附置詞、前置詞、後置詞」，並根據漢語學界的習慣作了調整，即「讓『介詞』作為上義詞，指 adposition，它包括前置介詞和後置介詞，簡稱『前置詞』和『後置詞』」（2003：8）。這樣一來，漢語介詞的內涵不僅包括了前置詞即傳統所說的「介詞」，而其還將來自方位名詞和其他來源的後置詞（如「上、下、裏、中、內、外、間；似的、起、以來、來」等）也納入其中（事實上還包括框式介詞，如「在……上、從……裏」等，見劉丹青 2002、2003：9、2008：101）。將後置詞納入漢語介詞體系之後，正如劉文所說，「我們將有可能建立更加全面和完備的漢語介詞理論，也是漢語介詞系統同其他語言的介詞系統更具可比性，能準確反映漢語介詞的特點，使漢語介詞的研究成果更容易為普通語法理論做貢獻」（劉丹青 2003：10）。

由於唐河方言中的後置詞系統不是特別豐富，而且跟普通話有諸多相同之處，因此我們暫不論及；相關的「樣哩似的、哩勁兒」等後置成分放在本章第四節助詞或第三章第二節附加等部分討論。本節仍以傳統的視角來考察分析唐河方言的介詞（即前置詞）系統，包括前置詞和後置詞構成的框式介詞。

1. 介詞小類

由於介詞（前置詞）來自於動詞，跟普通話一樣，唐河方言中很多介詞還兼具動詞的功能，這種兩可狀態是詞類的歷時變異在方言中的共時疊置現象，透過這種共時的差異，我們可以瞭解介詞的虛化過程，因此在描寫介詞的時候，也會適當地提及相關動詞的用法。

表 4-2　介詞小類〔註 3〕

介詞小類		唐河方言固有	與普通話共有
一、時間處所	1. 處所（所在）	改、在到	到
	2. 起點	押、改、起	從
	3. 經由	押、改、沿著、順著	從
	4. 方向	上、照著、對著	往、朝、照
	5. 終點		趕、到
	6. 距離		離
二、施事受事	7. 被動（施事）		叫
	8. 處置（受事）	掌、叫	給、管
三、與事關涉	9. 對象（關涉）	問、管	對、給、與、跟
	10. 替代		給、替
	11. 協同		跟
	12. 比較	抵、貼	比、跟
	13. 包括		連、帶、連……帶……
	14. 排除		除了
四、工具依據	15. 工具	使、掌	
	16. 依據	趁著、照著、依著、就著、比著、盡	按、趁、照、憑、論、依、就
五、原因目的	17. 原因		因為
	18. 目的		為了

注：在唐河方言中，「憑」讀［p^hin^{54}］，「論」讀［lyn^{312}］。

唐河方言的介詞大多跟普通話是同形或異形的同源成分，如「從、往、到、跟、比、對、離、趁、按」等，句法語義功能也基本一致；還有一些是方言內部的創新，普通話不見使用，如「押、帶、使、掌、貼」等。具體情況下面按照介詞的語義和用法分為五大類十八小類列表呈現（介詞是一個封閉性詞類，表 4-2 所列是我們所掌握的全部唐河方言介詞），縱列分唐河方言固有及與普通話共有兩項，本節主要討論唐河方言固有的介詞。

〔註 3〕普通話介詞主要參考《現代漢語詞典》（2002）和《現代漢語八百詞》（1999），個別參考有關普通話介詞的新近研究成果。

2. 引進時間處所的介詞

2.1 改［kai^{54} / $kɤ^{54}$］、改到［kai^{54}・tau］

普通話「在」［$tsai^{51}$］的分布有兩種，即前置（兼作副詞、介詞和動詞）和後置（作介詞）；在唐河方言中，普通話中「在」前置的功能（如「在吃飯、在家裏（吃飯）」）由［kai^{54}］對應（如「［kai^{54}］家裏（吃飯）」），後置的功能（如「放在桌子上」）由「到」［・tau］對應或者不用介詞（如「放（到）桌子上」）。「在」屬蟹攝開口一等上聲海韻從母字，從母字在唐河方言中沒有聲母讀作［k］的，所以唐河方言中的［kai^{54}］的本字不可能是「在」。就目前各個漢語方言跟普通話「在」句法、語義功能相當的而聲母又讀舌根音［k］的，僅見於福州方言〔註4〕。陳澤平（2000：105）指出：「『夾』字的福州話讀音是『［$keik^{5}$］』。如果介詞『［$keik^{5}$］』的本字是『夾』，就可以看作是『夾』的白讀音。這個音節沒有其他可寫的字。北京話『卡』的白讀音『qia』在音義兩方面與福州話的這個詞似乎都有可通之處。考慮到北京話的這個口語詞也是來歷不明，不見於《廣韻》《集韻》，和福州話的這個『夾』同源也未可知。」陳文羅列了福州話「夾」的四項動詞義：①在；②卡住，無法移動；③作動結式的後一個語素，表示牢固，穩定；④作支配式動詞、形容詞的前一個語素。而且「夾」作介詞用法跟普通話介詞「在」基本相同，既可以用於謂語動詞前，也可以謂語動詞後。唐河方言中的［kai^{54}］僅與福州話「夾」動詞義第一項相符，而且作介詞僅能放在謂語動詞前，不能放在謂語動詞後。可見，唐河方言中的［kai^{54}］與福州話的「夾」和北京話的「卡」也不大可能存在淵源關係，其本字尚未可考。為了書寫和行文的方便，我們用唐河方言中的同音字「改」來記錄這個引進時間處所的介詞［kai^{54}］〔註5〕。

如上段所說，唐河方言中的「改」或只能前置，可以作副詞、介詞和動詞，功能跟普通話中的「在」基本相同，只是普通話中的「在」構成介詞短語後置的功能在唐河方言中用「到」［・tau］表示或者不用介詞。唐河方言中「到」［・tau］跟「改」［kai^{54}］在語音上難易建立聯繫，很難看作同源成分。

〔註4〕廈門大學中文系李焱教授指出東北方言也存在「擱」的說法，例如「你擱哪裏上學？」

〔註5〕唐河方言中還有一個與［kai^{54}］作介詞時功能基本相同的［$kɤ^{54}$］，二者是否是自由變體目前還不能肯定，有人將後者寫作「擱」，但根據現有文獻不能確定［$kɤ^{54}$］的本字是否就是「擱」；與辛永芬（2006：250～259）所分析的浚縣方言的「在」的語音形式和語義特徵相比來看，唐河方言的介詞［kai^{54}］和［$kɤ^{54}$］似乎也當看作同一個詞的不同語音形式，後者是前者的弱讀形式。

普通話中「在」作動詞主要有三個義項：①存在；②表示人或事物存在的處所、位置；③在於、決定於。唐河方言中「改」[kai54] 只具備第二個義項，即表示人或事物存在的處所，例如：

（1）饃改鍋臺上，吃了你自己拿。

（2）王老師沒改學校。

（3）天鎮們們冷，你不改家裏跑出來抓哩？

（4）A：你爹改屋在家沒有？

B：改（哩）。

普通話中「在」作副詞表示「正在」，唐河方言中「改」[kai54] 與此同，也可構成複合副詞「正改」(副詞「改」和「正改」的異同跟普通話「在」和「正在」的表現一樣，可參考呂叔湘 1999：672)，例如：

（5）俺們改說正事兒哩，你白打岔。

（6）外頭誰改放炮鞭炮哩？叫我嚇哩一冷驚下子。

（7）雞子正改娩蛋哩，白攆它。

（8）外頭正改下雨，他非要走。

普通話中「在」作介詞可以表時間、處所、範圍、條件（在＋動名詞短語＋下）、行為的主體（在他、在我看來）等。唐河方言中「改」[kai54] 不能用來表示條件和行為的主體，表示時間、處所和範圍時，構成的介賓結構也不能像普通話那樣後置於謂語動詞，只能前置，而且組合能力也比較受限制。表時間時不能像普通話那樣跟表示具體時間的名詞語組合，常跟「每早兒以前、……哩時候兒」表示過去時間或平時的詞語組合，例如：

（9）要是改每早兒以前，十來歲就能結婚了。

（10）他爹跟他媽改他十歲哩時候兒離哩婚。

（11）他老是改我寫作業哩時候兒搗亂。

（12）白改我睡瞌兒哩時候兒說話。

表處所指動作發生或事物存在的處所，例如：

（13）他改桌子上刻了個「早」字兒。

（14）小蟲兒麻雀改樹上亂叫。

（15）她倆改屋裏拍話兒哩。

（16）衣裳改繩子上晾著。

也可表示動作的起點和經由，相當於「從」，這是普通話中所沒有的，例如：

（17）改門口兒開始畫，一直畫到山牆跟兒。

（18）咱們改這兒起跑兒，看誰先跑到家裏。

（19）他是改窗戶裏爬進去哩。

（20）你掌鑰匙改窩眼兒孔哩給我遞出來。

表範圍也不能跟具體的數字組合，例如：

（21）她改穿哩上可講究了，天天兒穿哩排場場很講究的樣子哩。

（22）他啥都不捨得，就改吃上下本兒哩很。

（23）花種棉花籽改這一片兒賣哩怪好。

介詞「改」［kai^{54}］加遠指代詞「那兒」構成的「在那兒」［kai^{54}・nər］除了表示具體的遠指外，有時處所義較弱，可以表示「正在進行」的意義〔註 6〕。例如：

（24）你改那兒磨蹭啥哩，還不趕快走。

（25）白改那兒哭了，就不害害怕，覺得人家笑話。

普通話中介詞「在」後置的功能（如「放在桌子上」）在唐河方言中用「到」［・tau］表示或者不用介詞，但也僅限於對應普通話中有限的跟終點義相關的情況。例如：

普通話	唐河方言
這事放在以後再談	這事兒（放到）以後再說
參觀改在星期四	體育課改到星期四
掉在地上	掉（到）地下
看在眼裏，記在心上	看到眼裏，記到心裏
把名字寫在上頭	給名兒寫（到）上頭

普通話中介詞「在」的很多後置用法，在唐河方言中用其他方式表達。例如：

〔註 6〕普通話和其他方言中表示處所的「這、那」都可以表示這種語法意義，但在唐河方言中，「這、那」的功能表現很不平衡，「改這兒」的意義比較實在、具體，不用來表示「正在進行」的語法意義。

普　通　話	唐河方言
生在一九九九年	一九九九年生哩
住在東城	改東城住
出生在北京	改北京生哩
竹筍產在南方	竹筍是南方產哩

整體來看，唐河方言「改」用作動詞、介詞時語域比普通話窄。

「改到」［kai^{54}・tau］可以作動詞和介詞，用法跟「改」基本一致，是一種更加俚俗的說法，可以替換上文作動詞和介詞的「改」。

2.2　從［ts^{h}uŋ^{24} / tʂ^{h}un^{24}］、押［ia^{24}］、起［tɕ^{h}i^{54}］、沿著［i^{42}・tʂu / ・tʂɤ］、順著［ʂun$^{312\text{-}31}$・tʂu / ・tʂɤ］

這一組介詞表示動作行為發生的時間或處所的起點、經由等。

「從」［ts^{h}uŋ^{24} / tʂ^{h}un^{24}］（兩個音是自由變體）跟普通話的「從」的意義和用法基本相同，表示起點，常跟「到、往」等配合使用。例如：

（26）從東頭兒到西頭兒有裏把子。

（27）從這兒往南走個兩三里就到了。

（28）小玲剛從學校回來。

（29）從今兒裏開始，天就要變冷了。

（30）老王從早到晚都在忙，也不著忙個啥牌兒名什麼名堂，目的。

（31）我從小學到初中都是在農村讀哩。

表示經由，即經過的路線、場所，跟處所詞語、方位詞語組合。例如：

（32）從窗戶鑽出來。

（33）從河裏梟過去。

（34）從門縫兒裏遞出來。

「從」還可以像普通話一樣可以表示憑藉、根據。例如：

（35）A：你咋知道我不得生病了？

B：從你臉色上就看出來了，蠟黃蠟黃哩。

（36）你哩字兒寫哩太潦草了，從這兒就能看出來你是個馬虎三辦事不認真的人。

「押」［ia^{24}］在唐河方言中有動詞和介詞兩種用法，作動詞表示：①把財物交給對方保證，如「我叫錢借給你，你得給你哩手機押到我這兒」；②跟著照料或看管，如「押箱、押車（都表示跟隨婚嫁隊伍看管嫁妝的意思）」。「押」的介詞用法是否是由其動詞虛化而來的，尚待考察。「押」可以介引時間詞語表示時間的起點，例如：

（37）押明兒裏起開始，你再也白上俺們來了。

（38）俺們押前年個開始就不種花棉花了，種花太使人了。

也可以介引處所詞語，表示起點、經由，例如：

（39）前頭哩都學過了，押這一頁兒［niər²⁴］開始學吧。

（40）南邊兒哩落花兒生秧兒還青著哩，押北邊兒先開始薅吧。

（41）這兒下兒改修路哩，過不去，咱們押地山溝兒哩走吧。

「起［tɕʰi⁵⁴］」在唐河方言中主要用作動詞，只有在兩個比較固定的組合「起小兒、起跟兒」裏面似乎應看作介詞。「起小兒」意為「從小時候兒開始（就……）」，「起跟兒」意為「從一開始（就……）」，例如：

（42）這娃兒起小兒就乖乖巧，聽話哩很。

（43）我起跟兒就不想來。

「沿著［i⁴²·tʂu／·tʂɤ］、順著［ʂun³¹²⁻³¹·tʂu／·tʂɤ］」跟普通話的「沿著、順著」同源，意義和用法也相同；其中後綴有人用「住」作為書面形式，我們用「著」的早期異體形式「著」表示，一是為了跟作補語的動詞「住」（如「站住、停住」等）加以區別，二是可以凸顯與「著」之間的關係。由於受普通話影響，「著」在唐河方言中有時也讀［·tʂɤ］。介詞表中帶「著」綴介詞都依此理解，不再贅述。

2.3　往［uaŋ⁵⁴］、朝［tʂʰau⁴²］、照［tʂau³¹²］、上［ʂaŋ³¹²／·ʂaŋ］

這組介詞用於表示動作行為的方向，其中「往、朝、照」意義和用法跟普通話基本一致，所構成的介詞短語只能位於謂語動詞前（普通話中「往」字介詞短語還可以置於謂語動詞後，如「開往上海、通往山區、送往各地」等）。「往」和「朝」都可以表示面向某個方向移動，「朝」往往輕讀，音近 54 調。例如：

（44）直著往／朝／上前走兩三里就到鄉政府了。

（45）他騎著車兒往／朝／上南去了。

二者的區別在於：

1)「往」的基本意義是移動，「朝」的基本意義是面對，因此若表示只有移動、沒有面對，只能用「往」；若表示只有面對、沒有移動，只能用「朝」。例如：

（46）你往／上裏頭睡下兒，就快給我擠到床底下了。

（47）你褲子嘟嚕下來了，趕緊往上提提。

（48）門兒朝／上東那家兒就是老趙們。

（49）有個人改朝你擺手兒哩。

2)「往」必須跟表示方位、處所的詞語組合，不能直接跟指人或物的名詞組合。「朝」不限。例如：

（50）a. 老師改朝你那兒／朝你看哩。

b. 老師改往你那兒／*往你看哩。

（51）a. 小剛朝我這兒／朝我使了個眼色暗中示意做某事。

b. 小剛往我這兒／*往我使了個眼色。

「照」一般只引進具體事物所代表的方向，表示動作行為的具體位置。例如：

（52）爸氣急了，照他臉上就是一耳巴子。

（53）照他腿上夯打，擊了一棍子。

（54）他給狗娃兒逗惱了，狗娃兒照他手上咬了一口。

唐河方言中動詞「上」有表示「到、去」的意思，如：上樓上｜上北京｜上街買點兒東西｜上床睡瞌兒｜上河上洗澡，等等。

介詞「上」是方言內部的創新，用來表示方向，經常輕讀，類似於 54 調，當是由表示「到、去」的「上」在連動式的第一動詞的位置虛化而來的。「上」可以替代「往、朝」的部分功能，如上例（44）（45）（46）（48）。再如：

（55）寫字哩時候兒頭白上／往／朝前頭野［iɛ^{54}］傾斜恁很，那個樣兒使眼。

（56）一眼就瞅見你藏［ts^{h}iaŋ^{54}］哪兒了，再上／往／朝下跩跩［tʂuai^{24} · tʂuai］蹲。

3. 引進施事受事的介詞

在漢語的研究中，引進施事受事的介詞往往跟漢語的特殊句式發生緊密關係，引進施事的介詞用來構成被動式，引進受事的介詞用來構成處置式，並且在漢語的歷時演變中，相關介詞從來源和發展上看也有從實到虛（動詞→介詞）、從虛到更虛的變化（介詞→助詞），某些句式也有語義上的演進（處置式→使成式（致使義處置式））。根據相關研究，從古漢語到現代漢語，引進施事的介詞（即被動標記）主要出現過「被、吃（喫、乞）、蒙、教（交、叫）、著（著）、使、讓、與、給、乞」等十個，從來源看分屬三種不同的類型，「被、吃、蒙」是由「遭受、蒙受」義動詞演變來的，「教、著、使、讓」是由使役義動詞演變來的，「與、給、乞」是由給予義動詞演變來的（見蔣紹愚、曹廣順主編 2005：379）；引進受事的介詞（即處置標記）主要出現過「以、持、取、將、把、捉、拿、與、給」等九個（見楊正超 2009：9），從來源看，「以、持、取、將、把、捉、拿」來自於執持義動詞，它們都經歷了「連動式第一動詞→工具介詞→處置介詞」的演變模式，「給」來自於給予義動詞（石毓智 2004：20），「與」見於吳福祥（2004：323）的描述（但吳文未說明「與」表處置的來源）。由於語言的經濟原則，經過漢語史上的詞彙興替，現代漢語中保留了其中生命力較強的部分介詞；現代漢語中引進施事的介詞主要有「被、叫、給、讓」等，引進受事的介詞主要有「把、給、將」等；其他有些古漢語的介詞還保留在某些方言中，如蘇州話的處置標記「拿」（劉丹青 1997：1）、福州話的被動標記「乞」（陳澤平 1997：109）等。

在唐河方言中，引進施事的介詞不用「被、給、讓」而用「叫」，引進受事的介詞不用「把、將」，而用「給、叫、掌、管」；兩類介詞與普通話同源但也存在一些差異。

3.1 叫［tɕiau312］

唐河方言中的介詞「叫」既可以引進施事又可以引進受事。

3.1.1 「叫」作為引進施事的介詞（被動標記）

唐河方言中帶顯性標記的被動句的使用頻率不高，一方面是因為普通話中使用顯性被動句表達的意思在唐河方言中常常用處置句或受事主語句（隱性被動句）表達，一方面是因為唐河方言中的被動標記只有「叫」這一個，使其顯性被動表達的形式比較貧乏。

被動標記「叫」是唐河方言跟普通話共有的一個同源介詞，在二者中的表現大致相同。例如：

（57）不叫你逗他你非要逗他，叫他噘罵你一頓你可美了。

（58）過年哩壓腰錢都叫他花了。

（59）電視叫他擺置壞了。

（60）樹娃兒叫車抵［tei^{54}］斷了。

（61）眼叫灰迷住了。

（62）這個狗娃兒叫我逮住過。

（63）院子裏叫除串［tʂ^{h}u^{42} tʂ^{h}uan^{312}］蚯蚓拱了一層很多洞兒。

（64）甘子甘蔗叫他搉［tɕ^{h}yɛ^{54}］折斷了一圪節兒。

（65）屁股叫狗□［tʂuai^{24}］咬了一口。

「叫」字表被動可以直接用於謂語動詞前（即動作的施事不必出現或因說話者不願說出而省略），一般認為這時它是助詞，普通話中的這種情況不多見，在唐河方言中這種說法是比較自然的。例如：

（66）衣裳才買幾天就叫穿炸線從線縫處裂開了。

（67）下了一天猛雨，地叫拍瓷實堅硬了，一點兒也不濃［nuŋ^{24}］泥濘。

（68）西紅柿還沒長熟就叫偷跑了。

（69）你看人家那娃兒多用功，字典都叫掀翻爛了。

「叫」字作被動標記雖然來源於使役動詞，但由於被動式核心動詞往往表示「非預期、不如意」的意思（即句子表達的是違反主語或者說話者意願的事），在近代漢語早期其句式語義一般是遭受義，近代漢語中後期至現代漢語（宋元以來），隨著使用範圍的擴展，「叫」字被動式有時也可以表示中性意義。在唐河方言中，「叫」字被動式一般用於表示「不如意」的消極意義或中性意義，不用來表示積極的結果。如上述例子，再如：

（70）小剛叫他們撈去來麻將去了。

（71）樹葉兒叫風刮催哪兒［ts^{h}ei$^{24\text{-}33}$ nɜr^{54}］到處都是。

（72）*衣裳叫她洗哩可淨。

（73）*我哩車兒叫老師兒師傅拾掇好了。

前兩例表示的是中性意義。後兩例表達的是積極的意義，但是不合法，可用受事主語句或處置式表達，例（72）可說「衣裳她洗哩可淨」或「她叫／給衣裳洗哩可淨」，例（73）可說「老師兒叫／給我哩車兒拾掇好了」。

「叫」在普通話中作為引進施事的介詞，其產生的動因和機制為很多學者所關注，如太田辰夫（2003。太田視之為「使役動詞」）、朱德熙（1982）、江藍生（2000）、蔣紹愚（2003）、蔣紹愚、曹廣順主編（2005）、洪波、趙茗（2005）、李崇興、石毓智（2006）、石毓智、王統尚（2009）等。一般認為「叫」虛化為被動標記的語義基礎是其使役義，如洪波、趙茗（2005：44）將使役範疇的使役強度連續統大體分為三個等級：命令型（高強度使役）、致使型（中強度使役）、容讓型（弱強度使役），並指出「只有容讓型使役動詞才發生了介詞化」（如「叫」，筆者按），而致使型和容讓型的「使、令」等則未能虛化為被動標記；李崇興、石毓智（2006）認為「叫」虛化的語義基礎是其低及物性和「容任、使得」義，而高及物性的「使、令」未虛化為被動標記，這跟洪、趙文觀點基本一致。關於「叫」作為被動介詞產生的年代，李崇興、石毓智（2006）文指出是在明清之際，但未提及其前身「教」字；蔣紹愚（1994：230）則指出「教」字表被動始於唐代，「叫」字表被動始於清代。綜合各家所說，誘發「叫（教）」字虛化為被動標記的句法誘因大致包括以下方面：可以進入兼語式、句子主語省略、兼語式後一動詞的高及物化、受事的話題化以及出乎說話人意料的語用蘊含意義等。

3.1.1 「叫」作為引進受事的介詞（處置標記）

「叫」引進受事的功能不見於普通話，目前見諸報導的有跟唐河方言同屬中原官話南魯片的葉縣方言（張雪平 2005，張文還指出葉縣周邊的舞陽、郾城、襄城等縣區方言的「叫」字用法跟葉縣大體一致）和屬中原官話漯項片的確山方言（劉春卉 2007，轉引自石毓智、王統尚 2009：51）。可見，「叫」的處置標記的用法在河南省中原官話區是分布較廣和富有地域特徵的現象。

關於「叫」字作處置標記的來源，張雪平（2005：304）根據葉縣方言的事實推想認為「『叫』表處置的用法和它表被動的用法一樣也是有它表使令（使役）的用法引申發展而來的」。石毓智、王統尚（2009：51）依據確山方言的幾個例子，認為用作動詞的「叫」指「容許、聽憑」，在其常出現的兼語格式「S＋叫＋NP＋VP」中，通過一定的句法操作，擴展、虛化而成為處置介詞的；所謂的句法操作表現在兩個方面，一是在 NP 是 VP 的施事，VP 的作用對象為 S 時，句子就可能被詮釋成被動含義；二是在 NP 為 VP 的受事的情況下，整個兼語式就有向處置式發展的可能性（這時「叫」表示「控制、致使」的意義）。張文和石、王文的分析都涉及到「叫」虛化為處置標記的語義基礎，即「使令」義或「致使」義，這說明「叫」與漢語史上其他執持義和給予義來源的處置標記屬於不同的類型，有其獨特之處；石、王文進一步地分析了「叫」虛化的句法環境，雖然有一定道理，但由於僅建立在對共時單點方言語料幾個例子的內省式推理上，缺乏對其歷時演變的考察，顯得論證不夠充分。

普通話中的處置式一般要受到各種句法和語義的制約，如動詞不能是光杆形式，前後要附加修飾成分或者動詞重疊，賓語必須是有定成分，否定成分必須置於處置介詞前，等等。唐河方言中的「叫」字處置式跟普通話有著共同的表現，語義類型也涵蓋了廣義處置式、狹義處置式和致使義處置式（見吳福祥2003）。例如：

（74）我叫使過哩書都算送給我表弟哩了。

（75）你叫借他哩錢還給他。

（76）他眼老花了，叫我當成小剛了。

（77）你哩衣裳太髒了，叫水都洗成黑泥汁子了。

（78）我叫鑰匙忘（到）二叔們了。

（79）你叫洗臉盆兒擱（到）地下。

（80）他叫菜都吃完了。

（81）外頭劈裏啪啦哩聲音叫我聒醒了。

（82）我弟弟叫我哩糖□［tʂ^{h}ua^{54}］搶跑了。

（83）風叫樓上哩曬哩衣裳刮下來了。

（84）小紅叫屋裏哩雞子攆出去了。

（85）小時候兒不懂事兒，叫他媽氣哩只差不要他。

（86）好幾年都沒見你了，叫我想哩啊。

（87）小博兒叫書包往床上一扔就跑出去玩了。

（88）他叫碗胡肆刷刷就出門兒了。

（89）你叫地下哩灰□□［tʂ^{h}uo$^{24\text{-}33}$ · tʂ^{h}uo］掃掃。

（90）白叫圪膊得拉［tai$^{24\text{-}33}$ · la］耷拉著，一會兒就酸了。

（91）我叫衣裳涮了兩擭［xuo^{312}］量詞，次了。

（92）我叫電視拆過兩抹兒［mor^{312}］量詞，遍了，還是不著是哪哩勁兒原因。

有時「叫」字還可以跟「給」字雜糅在一個句子裏，「叫」字帶真賓語，「給」字帶代詞「它」回指真賓語，一前一後，不能相反，共用一個謂語動詞。例如：

（93）叫路口兒那棵樹給它砍了算了，擱到那兒礙事。

（94）叫鍋裏哩菜都給它吃它，剩了糟濟了。

（95）叫地裏哩燕子麥野燕麥都給它薅薅，給麥小麥都歇［ɕiɛ^{24}］爭養分哩不長了。

3.2　給［kɯ^{24}］、掌［tʂaŋ^{54}］、管［kuan^{54}］

這是一組引進受事的介詞。

「給」字在普通話中兼作被動標記和處置標記，在唐河方言中只作處置標記，使用頻率比「叫」字作處置標記要高，上面例子中跟「給」字雜糅一句的情況除外，其他例子中的「叫」都可以用「給」替換，用「給」更加符合本地人的語感。

「掌」在唐河方言中可以作名詞、動詞和介詞，作動詞可以表示「掌握、掌管」（音［tʂaŋ^{54}］）和「加上（油鹽等）」（音［tʂaŋ^{42}］）等義，前者如「掌把（自行車把）、掌鑰匙」等，後者如「掌點兒糖／鹽／香油」等，異音別義。「掌」作介詞（音［tʂaŋ^{54}］）可能是從第一個動詞義虛化而來的，用來引進受事，一般用於謂語動詞表示跟手部具體動作相關的句子裏，說明它的虛化程度尚淺，也因此不能用於致使義處置式；使用頻率比「給、叫」等要低。例如：

（96）你掌作業做完再去玩兒。

（97）飯做好了，我掌桌子擦擦就吃飯。

（98）你掌我哩筆使壞了，你得賠。

（99）他掌筷子一扔可跑了。

（100）你先掌書擱（到）桌子上。

（101）她一使勁兒掌木梳掰成兩半札兒。

（102）他叫我掌手巾遞給他。

（103）掌鍋地下［kuo$^{24\text{-}33}$ tia^{312}］鍋灶哩灰給它叙叙［tʂʰai$^{24\text{-}33}$ · tʂʰai］鏟鏟。

「掌」還可以作工具介詞，見下文 5.1。

普通話中「管」可以作介詞引進受事，但要和動詞「叫」搭配構成「管……

叫……」的格式。唐河方言中的「管」也有這種用法。例如：

（104）你爸是我個哥哩，你就得管我叫叔。

（105）俺們那兒管太陽叫日頭［l̩$^{24-33}$ təu^{42}］。

唐河方言中「管」不能用「給、叫、掌」等替換。

4. 引進關涉對象的介詞

引進關涉對象的介詞大致分為六個小類，即：對象、替代、協同、比較、包括、排除等。

4.1　問［un^{312}］、管［kuan^{54}］、與［y^{54}］

這一組介詞用來引進關涉對象。

「問」在普通話中可以作動詞和介詞，作動詞本義為「詢問」，作介詞義同「向（某方面或某人要東西）」。唐河方言中的「問」跟普通話的語義和用法一樣，作介詞也用於引進關涉的對象，謂語動詞主要是表示「取得」義的動詞。例如：

（106）老王問我要了一根煙。

（107）小娟隔個個把兒月就問她媽要一回錢。

（108）你自己就不買橡皮，光問我借！

「問」還可以構成「問……喊／叫……」的格式，表示對某人應當如何稱呼，可以代替賓語指人的「管……叫……」格式（反過來，「管」可以替換所有的「問」，但「問」更合本地人的語感）。如上例（104）（105）的轉換：

（109）你爸是我個哥哩，你就得問／管我喊／叫叔。

（110）*俺們那兒問太陽喊／叫日頭。

再如：

（111）娃兒們都問／管她喊／叫花奶。

（112）我都不認得他，也不著問／管他喊／叫啥。

《現代漢語詞典》（2002：465）和《現代漢語八百詞》（1999：241）認為這種用法的「管」跟「把」相近或等同於「把」，顯然是把它當作處置標記了，而且有人據此做了擴展性的研究（見王麗彩 2008、霍生玉 2010）。

關於「管」和「問」的這種用法的成因，我們也許可以從葉文曦（2006）

中獲得一些提示。葉文（2006：98）指出：「……『手持』義和『掌控』義之間的隱喻關聯是『把』字語法化的語義基礎。『把』字的語法意義可以界定為，參與處置式或致使式表示對事物或事件的掌控，用於明確施受關係。『把』字語義的發展歷程是，由對個體的簡單手持、簡單掌控發展到對整個事件的掌控。」（葉文還區分了「簡單掌控」和「複雜掌控」，指出「簡單的手持或簡單的掌控都不是典型的施受關係，但手持或掌控卻是完成施受關係的前提」2006：111）根據這段話我們可以將「把」字語義虛化的過程大致概括為一個公式，即：手持義動詞→掌控義動詞→處置／致使介詞。我們知道，「管」字本身就是一個「掌控」義動詞，「問」字也引申出「掌控」義動詞的用法，即可以表示「管、干預」的意思，如「不聞不問、概不過問」等；根據普通話和唐河方言中「管……叫……」和「問……喊／叫……」的語義表現，對比「把」字的虛化歷程，我們似乎可以看到「管、問」的虛化痕跡，即在「把」類既有的處置介詞的類推作用下，它們由「掌控」義加入處置介詞這一類聚的發展行列；由於它們自身來源的語義和句法制約（語法化過程中的滯後作用），表現出與「把」類處置介詞差異的一面，最明顯的就是要與「叫／喊」搭配使用。當然，這還僅僅是一種基於語料和現有理論分析的假設，要想最終確認「管、問」的功能和語義類型，還需要深入的考察和研究。

唐河方言中的「管」除了可以引進受事外，也可以引進關涉對象，跟「問」的用法相同。例如：

（113）小剛一沒錢花就管／問他爸要。

（114）老劉上個月管／問我借了二百塊錢。

唐河方言中幾乎不用「與」字，僅在習語性的結構「與O啥相干」（以肯定的反問形式表達否定意義，義為「與O無關」，用來撇清關係，O是代詞或指人名詞）中見用。「與」應是古語的遺留，本讀上聲54調，但在實際口語裏常常讀成降調312調或升調24調。例如：

（115）這事兒與你啥相干？你就白湊熱鬧了。

（116）你咋一有事兒就找我哩？與我啥相干？

（117）我結婚與他啥相干？抓哩要叫他管？

4.2 給［kɯ²⁴］、替［tʰi³¹²］

普通話中的「給」和「替」作介詞可以表示替代，引進受益者，意義和用法跟「為」相同。唐河方言中的「給」和「替」跟普通話基本相同，從語義的虛化程度來看，「給」字較虛，只是引進受益者，不表示詞彙意義，「替」字較實，還帶有一定的表示「替代」的詞彙意義，因此，除個別場合外，二者一般不能互相替換。例如：

（118）飯給你做好了。

（119）你媽給你買了一雙新鞋。

（120）給你攢了兩萬塊錢供你上學。

（121）你上街哩時候兒給／替我買盒兒香皂兒吧。

（122）你給／替我搓搓脊樑。

（123）表兒我給／替你填好了。

（124）看他難受那勁兒，我都替你心疼哩慌。

（125）你替我給衣裳洗洗吧，我手上割了個窟窿。

（126）今兒哩他不得勁，我替他值日。

4.3 跟［kən²⁴］、比［pi⁵⁴］、抵［ti⁵⁴］、貼［tʰiɛ²⁴］

唐河方言表示協同不用普通話中的「和、同、與」等介詞，只用與普通話同源的「跟」，表義和用法都相同，只跟指人的名詞組合。例如：

（127）小娟跟她媽一路兒上街去了。

（128）這貨骨動不聽話，愛惹事哩很，光跟別哩娃兒們打架。

否定詞「不」用在「跟」前後表義有別，用在前表示主觀願望，用在後表示客觀事實，例如：

（129）我不跟他一路兒去。

（130）小菲不跟她奶住了。

（131）我跟他不認識。

（132）他跟他姨們不來往禮了，兩家兒董［tuŋ⁵⁴］吵、鬧、打等惱了。

前兩例「不」在「跟」前，表示主觀意願，後兩例「不」在「跟」後，表示客觀事實。

否定詞「沒、沒有」在「跟」前後意思相同。例如：

（133）我沒（有）跟他見過面兒／我跟他沒（有）見過面兒。

（134）我沒（有）跟他一路兒吃過飯／我跟他沒（有）一路兒吃過飯。

「跟」在唐河方言和普通話中都可以引進比較的對象，用法基本相同。在唐河方言中「跟」常與「相比、一樣、一樣樣兒哩、樣哩、一般兒、差不多兒」等搭配使用。例如：

（135）跟夜兒哩相比，今兒哩暖和多了。

（136）他是個酒瘋子，你長大了可白跟他一樣。

（137）她跟她姐長哩一樣樣兒哩，為不啥兒怪不得是雙生兒哩。

（138）誰都跟你樣哩，饃吃不完就給它板［pan^{54}］扔了？

（139）我跟小強一般兒大。

（140）這個褲子顏色跟那個差不多兒。

（141）小剛哩個兒跟他哥差不多兒高。

「跟」與「一樣、一樣樣兒哩、樣哩、一般兒、差不多兒」構成的格式是平比句式〔註 7〕。

「比、抵、貼」三個介詞用於介引比較的對象，作用跟普通話的「比」相同，用於比較數量、性狀和程度等，構成差比句〔註 8〕，三者可以互換。其中「抵」在唐河方言中作動詞可以表示「相當、能代替」（唐河方言中還有一個同義動詞「旁［p^{h}aŋ^{42}］」，如「一個抵／旁十個」）的意思；與唐河臨近的西南官話武漢方言中的「抵［ti˦˨］（敵［ti˨˩˧］）」作動詞可以表示「及、比、趕」的意思（如「你～不倒他、他～你不倒、我～得倒他」，見朱建頌 1995：15）；這兩點似乎能給我們關於「抵」介引比較對象用法的來源提供一些線索，但在調查中也有人認為［ti^{54}］是「比」的訛讀（用本地話說是「念串了」，即把本該讀 A 音的字讀為 B 音），這種說法也欠推敲，因為「比」的聲母跟［t］無法建立成系統的對應關係，因此這個問題還需要進一步探討。「貼」和「比」作

〔註 7〕《馬氏文通》（1983：135）將古代漢語的比較句分為平比、差比、極比三種，學術界討論漢語比較句時基本採用這一分類。《馬氏文通》對平比的定義是：「平比者，凡像靜字以比兩端無軒輊而適相等者也。」也就是說比較項之間的性狀程度是相同或相近的，或關係是平等的。

〔註 8〕《馬氏文通》（1983：138）：「差比者，兩端相較有差也。」李藍（2003：216）指出「所謂差比句，就是兩個（或多個）比較對象在程度、數量或性狀等方面有差別的句子。」

動詞都有「緊挨」的意思，但比較介詞「比」來自於動詞「比」的「相比、比併」義（貝羅貝 1989，見蔣紹愚、曹廣順主編 2005：421），「貼」無此義，因此還不確定「貼」就是表示比較的介詞［$t^hi\varepsilon^{24}$］的本字。「比／抵／貼」用在差比句中的例子如下：

（142）他比／抵／貼你高。

（143）扛著比／抵／貼抱著省勁兒。

（144）你比／抵／貼每早兒胖多了。

（145）鎮早晚兒哩大學比／抵／貼往早兒好考多了。

（146）我弟弟比／抵／貼我小兩歲。

（147）他比／抵／貼誰都能說。

（148）她比／抵／貼你吃哩還要多。（＝她吃哩比／抵／貼你還要多。）

（149）他們那仨娃兒一個比／抵／貼一個爭囊氣，都考上了大學。

差比句的否定式一般用「沒／沒得／沒有」表示；也可以在介詞前加「不」否定，但僅限於介詞「比」，可能是受普通話影響的結果。兩種否定式表義不同。例如：

（150）a. 他沒／沒得／沒有你高。（他比你矮。）

b. 他不比你高。（他跟你差不多高。）

（151）抱著沒／沒得／沒有扛著省勁兒。

（152）你沒／沒得／沒有每早兒胖了。

（153）往早兒哩大學沒／沒得／沒有鎮早晚兒好考。

5. 引進工具依據的介詞

5.1　使［$ʂʅ^{54}$］、掌［$tʂaŋ^{54}$］

這一組介詞用於引進動作憑藉的工具、材料或手段。

「使」在普通話中作動詞，表示「支使、使喚；用；致使（讓、叫，構成兼語句）」等意思。唐河方言中「使」可以作動詞、介詞和形容詞，作動詞可以表示「支使、使喚；用」的意思，但不能用來表示「致使」；作形容詞義為「累」，唐河方言只說「使」不說「累」，如「使哩慌、使哩著急、使死了」都是「很累」的意思；作介詞就是用來引進工具、材料等。

上文 3.2 指出介詞「掌」在唐河方言中可以引進受事，此外它還可以引進工具、材料等，這是漢語史上「執持義動詞→工具介詞→處置介詞」這一歷時演變的連續統在方言中的共時投影。

「使」和「掌」做工具介詞，其語義和用法基本相同。例如：

（154）你有空兒了使／掌鐵鍁給門口兒哩雪□□［lyan[54]・lyan］鏟到一邊。

（155）那個老個兒還在使／掌煙袋老式的帶杆帶袋子的旱煙管吸煙。

（156）叫這些饃使／掌塑料布袋兒裝起來。

（157）使／掌剩下哩磚頭壘個茅缸廁所。

（158）「學校」使／掌英語咋說？

（159）她每回都使／掌我哩話頂用話回擊我。

普通話中主要用「用、拿」來引進工具、材料、手段等，一般將「用」看作動詞（也有人看作介詞的），「拿」看作介詞。唐河方言中「用［zuŋ[312]］、拿［na[42]］」有時也可以替換（如例（159）可以換為「用」，例（154）可以換為「拿」），但由於「使、掌」作為工具介詞的使用頻率很高，使「用、拿」的虛化受到了抑制，它們的詞義較實在，動詞性較強，是否看作介詞尚不能定論。

5.2 盡［tsin[54]］、盡著［tsin[54]・tʂɤ／・tʂu］、比著［pi[54]・tʂɤ／・tʂu］

唐河方言中的「盡」跟普通話一樣，除了作程度副詞用在表示方位的詞前面（義同「最」，如「盡邊兒起、盡前頭」等）外，還可以表示另外三種意思（可以和「著」結合，有時受韻律制約）：①力求達到最大限度，如「盡快、盡力兒使、盡（著）最大哩勁兒曳［iɛ[24]］在前頭用繩子等助力拉車子」等；②表示以某個範圍為極限，且不超過，如「不管能買多少，盡著 100 塊錢買」等；③讓某些人或事物盡先，如「盡（著）上回沒買著哩先買、盡（著）小娃兒們先上車、考試哩時候兒盡（著）容易哩題先做」等。

唐河方言中的「盡」有時還可以引進指人的代詞或名詞性詞語，也可以跟「著」結合，表示聽任或任憑某人做某事。例如：

（160）他要是想挑就盡（著）他挑吧，反正都一樣樣兒哩。

（161）你咋能盡（著）她哭哩？小娃兒們哭哭肯茶風。

（162）老師管不住學生，只好盡（著）他們在那兒協火。

「盡、盡著」的動詞義還比較強，虛化程度低，但又往往處於連動式的前一位置，因此其虛化程度介於動詞和介詞之間的一種兩可狀態。

介詞「比著」可以用來引進比照的標準，義同「按、照、照著」等。例如：

（163）就比著你哩腳給我買（鞋）吧。

（164）咱們哩院牆就比著西院哩蓋。

6. 引進原因目的的介詞

唐河方言中引進動作發生或事件產生的原因的「因為」［iŋ$^{24-33}$ · uei］和引進動作行為目的的「為了［uei$^{312-31}$ · lɤ］」在意義和用法上跟普通話相同，這裡不再贅述。

第三節　連　詞

連詞是用來把兩個或多個詞項或結構項聯結起來、表達某種邏輯語義關係的一類虛詞。

張誼生（2000：142）認為「漢語的連詞是一種具有多層連接功能的虛詞，既可以連接詞和短語，也可以連接小句和句子，還可以連接句子和句組。而且，連詞除了具有連接的語法功能之外，還兼有修飾的語義功能和表述的語用功能。」〔註 9〕張文還指出連詞在句法功能上的四個主要特徵：①連詞是黏附的，本身不能單說，也不能同被連一方一起單說；②連詞不能被其他詞語修飾；③同類連詞不能在同一層次上連用；④連詞可以位於主語之前，也可以位於主語之後（單音節連詞由於受音節的限制，只能謂語主語之後）。

呂叔湘（1979：45）提出了連詞的範圍問題，即跟關聯副詞和關聯短語劃界的問題。《現代漢語八百詞》（1999：19）指出「連詞和有連接作用的副詞和短語可以統稱為關聯詞語」，這是通過它們之間的共性將其歸納為一個上位概念。周剛（2002：10）在已有研究成果的基礎上，提出了劃分連詞的功能標準（即：①單純連接兩個或兩個以上並列項，位於並列項的最後一項之前，所連接的語言單位可以單說；②連接先行語句，位於主語之前或主語之後，或語句之末，所連接的語句不能單說，有預示後續句的作用；③連接後續語句，位於

〔註 9〕張文所謂修飾功能是指那些由實詞虛化而來的連詞，雖然已經具有了連接功能，但有時還保留了一部分實詞的修飾功能；所謂語用功能是指某些連詞位置的變化以及用與不用會產生不同的語用效果（2000：144）。

主語之前，所連接的語句不能單說，有連接先行句的作用。與張誼生 2000：148 的表述近似)，以此出發結合相關的輔助標準或語義功能比較好地處理了連詞與介詞、副詞的劃界問題，並將一般認為是助詞的後置虛成分「……也好……也好、……也罷……也罷、……的話、……不說、……則已」等看作後置連詞（2002：20。張誼生 2000：147、150 已表達了相同的觀點)，將一般認為是關聯短語的「不要說、怪不得、看樣子、另一方面、誰知道、特別是、為的是、要不是、要就是、一方面、尤其是、再不然」等也劃入連詞範圍（2002：21。與張誼生 2000：149 的觀點相同。周文得出現代漢語連詞共 265 個)。我們比較贊成周文這種從語言類型學的視角從漢語中歸納出後置連詞以及從語義和句法功能的角度將關聯短語劃歸連詞的思路。

關於連詞小類的分類標準，與句法分析相關的主要有三種（具體見周剛 2002：26)，即意義標準、形式標準、形式和意義相結合的標準。張寶林（1996：436）分別從所表關係和所連語言單位的角度將連詞作了分類，體現了形式和意義相結合的標準。張文根據表示關係的不同將連詞分為聯合連詞和偏正連詞，聯合連詞又包括表示並列、承接、遞進、選擇等關係的連詞，偏正連詞又包括表示因果、轉折、條件、假設、讓步、目的等關係的連詞；根據連接的語言單位的不同將連詞分為連接詞與短語的連詞和連接分句與句子的連詞兩類。

表 4-3　連詞小類〔註 10〕

<table>
<tr><th colspan="2">連詞小類</th><th>唐河方言固有</th><th>與普通話共有</th></tr>
<tr><td rowspan="4">聯合連詞</td><td>並列</td><td>只管……只管……</td><td>跟、又……又……、一邊……一邊……、一是……一是……、連……帶……、……也好……也好……</td></tr>
<tr><td>承接</td><td></td><td>就</td></tr>
<tr><td>遞進</td><td></td><td>不光、再說、別說、不說、越……越……</td></tr>
<tr><td>選擇</td><td>是、或是……或是……、不哩</td><td>要不、還是、是……還是……、是……是……、或者……或者……</td></tr>
</table>

〔註 10〕唐河方言與普通話共有的連詞（包括關聯副詞）中有一些在語音形式上跟普通話不同，但語義和句法功能基本一致，包括：白說[pai^{42} ʂuo^{24}]：別說；白看[pai^{42} k^{h}an^{312}]：別看；……哩話［·li·xua］：……的話；就［təu^{312}］：就；省哩［ʂəŋ^{54}·li］：省得；免哩［mian^{54}·li］：免得（冒號前為唐河方言說法，後為普通話說法）。

	因果	沒咋、為不啥兒、……哩勁兒	因為、怪不得、看樣子
	轉折		按說、雖說、不過、可、可是、只是、就是、別看、誰知道
偏正連詞	條件	傕、說啥兒、掐了兒	只要、只有、管、不管、不論
	假設	一勢、……了	要、要是、要不是、萬一、……的話、那
	讓步	就括	就是、就算、哪怕
	目的		省得、免得

1. 連詞小類

我們本節對唐河方言連詞的分析，將從聯合連詞和偏正連詞這一分類角度入手，探討具有地方特徵的連詞及相關現象，在涉及到連詞小類的分析時，再分別作出說明。

由於漢語是偏重意合的語言，而且連詞多用於書面語，口語中往往會借助語境或其他手段來表示相關的邏輯語義關係而不用連詞。跟普通話相比，唐河方言中的連詞顯得量少而又不很活躍。上表 4-3 呈現的是唐河方言固有而普通話不用的連詞以及唐河方言與普通話共用的連詞（表中也包括關聯副詞及相關的連鎖或框式關聯詞）。

本節主要就唐河方言中固有的連詞進行分析和描寫。

2. 聯合連詞

2.1　只管［tsɿ^{54} kuan^{312}］……只管［tsɿ^{54} kuan^{312}］……

「只管」［tsɿ^{54} kuan^{54}］單用是副詞是「儘管」的意思，其連鎖格式「只管……只管……」則是表示並列關係的連詞，其中「管」本讀上聲［kuan^{54}］，在格式中讀去聲體現了輕化的傾向。該格式一般用來聯結動詞性詞語，用法和功能跟「一邊［i$^{24-33}$ pian^{24}］……一邊……」基本一致，但是附加了一種不滿或鄙視的主觀感情色彩，含有言者不希望被說的對象做出那樣的行為的意思。前後分句主語可以相同，也可以不同，若是不同，言者不希望的意願指向後一分句的主語。可以用「一邊……一邊……」來替換，但結果會丟掉附加的主觀感情色彩，而且使相關語境失去應有的情感基調。例如：

（1）他只管吃，只管掌筷子往嘴裏叨。

（2）你只管吃吧，還只管協火著餓。

（3）她只管改那兒哭，你只管嚷她。

（4）只管改那兒說他，他還自管去薅人家哩菜。

2.2 是［ʂʅ312］、或是［xuai42 ʂʅ312］……或是［xuai42 ʂʅ312］……、不哩［pu24-33・li］

這三個是用來表示選擇關係的連詞或連鎖連詞，其中「是」在句中都要輕讀。

「是」的用法和功能跟「還是」基本相同，用在選擇問句後一項，前後項主語可以相同，也可以不同；前後項之間一般沒有停頓，所關聯的成分往往是謂詞性的；用「還是」時前後項之間可以有停頓，可以關聯體詞性成分。例如：

（5）你去是 / 還是不去？

（6）雨停了是沒停？

（7）坐火車快是 / 還是坐汽車快？

（8）你來是 / 還是小強來？

（9）小芳高是 / 還是小潔高？

（10）誰去？小剛還是 / *是老魏？

（11）福建遠還是 / *是廣東遠？

「是」關聯選擇問句，若後一項中謂語性成分省去，便形成「VP 是」格式，在形式和功能上與普通話的是非問格式「VP 嗎」基本相同。不同的是，如 VP 不含否定詞，「VP 嗎」是中性問，「VP 是」傾向於對方作出肯定回答的疑問；若 VP 含有否定詞，二者都是傾向於對方作出否定回答的疑問。例如：

（12）你去是？

（13）雨停了是？

（14）你吃了是？

（15）你喜歡是？

「VP 是」疑問格式是新生的，「是」字有一種追加強調確認的意味；該格式使用量不大，一般人很難察覺，是本人在日常生活中留意觀察到的，在調查時向受調查者問詢，很少有人能確認它的存在，但他們在言談中不經意地就會說出這樣的格式。由於唐河方言中沒有「嗎」字是非問句，「VP 是」格式的產生可能是方言內部創新和普通話「嗎」字是非問句類推的共同作用下產生的。「嗎」字是非問句很難進入本地人的口語，但目前「VP是」也只是一種偶發性的是非問的表達形式。

此外，有一個同音的成分，表示急迫的語氣，我們也記作「是」，它跟趙元任（1979：363）所說的助詞「煞」的功能相同，趙文指出「煞」是「所有疑問和肯定助詞之中最急迫最不耐煩的一個。在南方官話和部分吳語裏用得較多，因而在那裡顯得不及在北方話裏那麼重。」在屬於北方話的唐河方言中就存在著這個跟「煞」對應的成分「是」，我們按趙文的三種分類列舉唐河方言中的用例：

1）急迫的陳述，例如：

（16）不中，你這算哩不對勁兒是！你再重新算算。

（17）誰賴著你了？你給俺們車兒抵［tei54］撞壞了你得賠是！

2）急迫的命令：

（18）起來過是！你擋住路了。

（19）趕緊走是！還在那兒磨蹭！

3）急迫的問話：

（20）你是咋了是？半天都沒吭氣兒說話了。

（21）他上哪兒去了是？我找他有關緊事兒。

「或是……或是……」相當於「或者……或者……」，用在肯定句中，一般只有兩個選擇項。例如：

（22）這事兒總得有個人幹吧，或是你去，或是他去。

（23）家兒家兒都得兑錢，或是十塊，或是二十，都中。

（24）或是東屋，或是東屋，你想住哪一間都中。

這種格式在唐河方言中並不常用，相同的語義更常用的是用並列連詞「跟」或名詞或代詞的複數形式（即加「們／倆」的形式）結合疑問代詞（誰／哪）來表示（普通話中單用「或者」表示的意義在唐河方言中也是轉換為這種格式來表達）。上面例（22）（23）（24）可轉換為：

（25）這事兒總得有個人幹吧，你跟他／你（們）倆誰去都中。

（26）家兒家兒都得兑錢，十塊跟二十都中。

（27）東屋跟西屋你想住哪一間都中。

「不哩」表示選擇關係，只給出要選的那一項，另一項隱含在上下文或具體語境中；一般用在祈使式的疑問句中，通過詢問的口氣來表達建議。可以用「要不」替換。例如：

（28）這衣裳不保暖，不哩／要不給你買個厚點兒哩吧？（厚與薄，選擇厚）

（29）反正你也是閒著，不哩／要不跟我一路兒去吧？（去與不去，選擇去）

（30）今兒哩日頭怪好，不哩／要不給被子曬曬吧？（曬與不曬，選擇曬）

（31）他都沒去過城裏，不哩／要不這回叫他去？（叫與不叫，選擇叫）

3. 偏正連詞

3.1 沒咋［mu$^{24-33}$ tsa^{54}］、為不啥兒［uei$^{312-31}$ · pu ʂɜr^{24}］、……哩勁兒［· li · tɕiər］

這一組詞是用來表示因果關係的關聯詞。

「為不啥兒」在副詞部分已作過描述，因為它出現的環境往往是有上下文或者是對話語境，所以除了主要修飾謂詞性成分作狀語外，還起到關聯前後語句的作用，詳見本章第一節副詞部分 8.12，這裡不再贅述；「……哩勁兒」在附加構形部分也已作了分析說明，是把它看作一個構形後綴來看待的，表示引起某種情形的原因，由於它出現的環境也是有上下文或對話語境的，似乎也可以將其看作一個後置連詞，詳見第三章第三節的內容。

唐河方言表示原因不用「所以」，而是用「沒咋」。「沒咋」在唐河方言中有兩個功能，一是作為否定性的謂詞性短語，否定形式，是「沒怎麼樣、沒發生什麼」的意思，例如：

（32）A：你咋了？

B：沒咋啊？好好兒哩。

（33）A：他咋了？

B：沒咋一點兒，困了在那兒睡瞌兒哩。

一是用作連詞，相當於普通話的「所以」，聯結事情發生的原因，這一功能當是由謂詞性短語「沒咋」在反問條件下凝固詞化而來的；由於句末往往還帶有一定的疑問語氣，可以帶疑問語氣助詞「哩」，這是其來自於反問語境的一種滯留的功能表現。例如：

（34）他總是肯定是給這事兒忘了，沒咋他沒來（哩）。

（35）她晌午都吃恁些子，沒咋鎮當晚子她都不說餓（哩）。

（36）他不得了，沒咋這兩天都沒來上課（哩）。

3.2 傕［tsʰei^{24} / tsʰin^{24}］、說啥兒［ʂuo$^{24-33}$ ʂɜr^{312}］、掐了兒［tɕʰia$^{24-33}$ liaur^{54}］

這三個是表示條件關係的連詞。

「傕」相當於「不管、不論」，表示在任何條件下結果或結論都不會改變，後邊有「都」或「也」呼應，有強調意味；「不管、不論」可以用於有表示任指的疑問代詞或有表示選擇關係的並列成分的句子裏，「傕」只能用於有表示任指的疑問代詞「誰、啥、哪兒、咋、抓」等的句子裏，主語可前可後。其中除了「傕抓」外，其他「傕」都可省略。例如：

（37）傕誰說都不中，他就是不想上學了。

（38）傕誰去都中。

（39）這女娃子懶哩很，長鎮大了，洗衣裳做飯傕啥也不會。

（40）她可紮實［tʂa$^{24-33}$ · ʂʅ］厲害了，傕啥飯都會做。

（41）我放假傕哪兒也不去，就在家裏看書。

（42）北京、上海、廣州，傕哪兒我都去過了。

（43）叫了半天了，他傕咋都不來。

（44）傕咋都中，隨你安排。

（45）她傕抓都不叫我。

（46）小傢伙兒膽小哩很，傕抓都要跟他媽一路兒。

「說啥兒」是「無論如何」的意思，由同形動賓短語經形式凝固和語義虛化而來的，由於本身是動賓結構，而且也沒有完全虛化，「說」還保留一定的言說義，因此保持的原來的結構功能，好像是充當複句的先行分句一樣，其實是跟「也」或「都」構成「說啥兒也／都不 VP」的緊縮句式，句子的主幹部分必須是否定形式，「說啥兒」置於主語前後皆可。例如：

（47）說啥兒我也不去，恁巴子那麼遠。

（48）他說啥兒都不來，說是來了給你添麻煩。

「掐了兒」應當來自「排除」義的動詞短語「掐了」的語義虛化和結構凝固化，表義和功能跟普通話的「除非」基本相當，關聯謂詞性成分，用來強調條件或者情形是唯一的，有時在會話中還可以單用。例如：

（49）掐了兒他不去了，你才能去。

（50）掐了兒你跟她一路兒，她才敢來。

（51）A：今兒哩有個天津哩電話沒接住，不知道是誰打哩。

B：掐了兒是你姨，除了她咱們也沒認識哩人兒在天津。

（52）A：是不是等她放假了才能回來？

B：那掐了兒了，平時恁忙，哪有空兒？

3.3　一勢［i$^{24-42}$ ʂʅ^{312}］、……了［·lɤ］

這兩個連詞用來表示假設關係。

「一勢」是記音字，本字不明，語義和作用跟普通話的「萬一」基本相同，用於表示可能性極小的假設，多表示不希望發生的事。例如：

（53）一勢他來晚了，你就先走吧。

（54）一勢考不上大學，我就去打工。

（55）你不帶雨界［y^{54} · tɕiai］雨傘，一勢下雨了可咋著哩？

（56）白扒著那欄杆玩兒，一勢掉下去就烹了糟了。

（57）鎮主貴哩東西你叫他保管，一勢他弄沒影兒［mu$^{24-33}$ niɜr^{54}］不見、丟失了哩？

「萬一」還可以跟其他表示假設的連詞連用，「一勢」不可。

《現代漢語八百詞》（1999：354）指出「動＋了1」不獨立成句，有後續小句，表示這個動作完成後出現另一動作或出現某一狀態，如：我聽了很高興｜這張紙可以裁了糊窗戶；也可以表示後一情況的假設條件，如：把衣服穿好了再走｜工作做完了心裏才踏實｜他看見了該多高興！｜你早來了就好了。由於「了1」用在動詞後主要表示動作的完成，因此在前面表示假設條件的句子中「了」雖然是用在將然語境中，但其所表示語法意義主要還是完成體。唐河方言中的「了」用在動詞後的功能不限於此，而是可以專門用來表示假設，相當於後置假設連詞「……哩話」。例如：

（58）吃了再給你做。

（59）來了先打個電話。

（60）買了我可就給你掏錢了啊。

（61）你打電話不打？打了使我手機吧。

（62）時間不早了，問了就早點問吧，白耽誤事兒。

這些例子中的「了」不是用來表示完成體的，沒有一點完成的意味，只是用於關聯假設緊縮複句的前後項，而且只用在將然語境中。

唐河方言中也存在著上面提到的普通話中那種表示後一情況假設條件的「動＋了」格式，例如：

（63）想家了就回來吧。

（64）作業做完了再去玩兒。

（65）你結婚了，爹媽就不用操你哩心了。

這種情況兼有表完成和假設的意義。我們推測正是將然語境提供了「了$_1$」向連詞虛化的句法環境，而兼表完成和假設則提供了虛化的語義條件，是「了$_1$」由完成向關聯假設的過渡階段。這是基於唐河方言語料的初步假設，尚需漢語史和其他方言縱橫兩向及類型學上的深入探討。

3.4　就括［təu$^{312\text{-}31}$ k^{h}uo^{312}］

「就括」是表示假設的讓步的連詞，可以與「就算」替換，後面常有「也」呼應。例如：

（66）就括／就算你有理，你也不該噘［tɕyɛ^{42}］罵人。

（67）就括／就算他沒得你上哩學高，他也工作恁些年了，有經驗。

（68）就括／就算他老子是縣長，這事兒我也不給他算了倒。

（69）就括／就算我忘了跟你說，你好歹也問問我啊。

（70）這點兒活兒就括／就算個把鐘頭兒也幹完了，你就磨蹭了兩天。

（71）我真哩吃飽了，就括／就算一筷頭兒我也吃不下去了。

第四節　助　詞

在現代漢語虛詞的劃分中，助詞歷來是一個存在著爭議和頗費思量的類別。我們在第三章第二節的餘論部分簡述了關於構形語綴與助詞之間的糾纏關係以及解決相關問題的一些思路。其實在《助詞說略》（1956）中，呂叔湘先生就針對相關的現象和爭議作出了非常精當的分析，文中將「助詞這個詞類牽涉到的詞（一部分學者不承認裏邊的一部分是詞）」（1990：278）分成 A 到 H 八組分別加以「檢查」，據此指出「助詞的範圍真是可大可小，可是無論如何它不能包括所有從 A 到 H 各組的字，如果不打算把它搞成一個收容『編餘』的雜類。不同的著眼點會得出不同的結果。」（1990：289）

關於助詞這一概念的定義，張誼生（2002：5）認為：「助詞是附著在詞、短語、句子上的，黏著、定位的，表示一定附加意義的虛詞。」郭銳（2002：235）指出：「助詞是虛詞中的剩餘類，虛詞中歸不進介詞、連詞、語氣詞的就歸進助詞，因此助詞內部各成員的個性最強，成員間共性最少。」劉丹青（2008：283）引用跟 Comrie 私人通信的話指出：「助詞（particle）是個理論前（pre-theoretical）的概念，即尚未給出確切定位的詞類。」劉文還指出「助詞並沒有任何確定的屬性，只是給一些無法歸類的虛詞一個總稱，說某個詞是助詞就相當於說它是一個無法歸類的虛詞。」

撇開跨語言的類型比較，單從揭示漢語內部虛成分（包括虛詞以及構形或構詞的語綴）的特點的角度出發來看，暫且將有關的爭論擱下，從盡可能大的範圍內將不為介詞、連詞、副詞等虛詞所涵蓋的虛成分納入助詞這一範疇，然後再根據助詞內部的共性與差異以及研究的視角進行下位分類，通過對漢語語言事實的深入發掘和分析，來確定各個小類的性質和功能。這樣一來，從漢語虛成分自身歸納出相應的規則或規律，即使作跨語言的類型比較，也不至於跟隨西方語言學的體系亦步亦趨。

我們在學界對助詞已有的研究和分類的基礎上，根據唐河方言自身的系統特點，將其助詞分為結構助詞、體貌助詞、語氣助詞、比況助詞、表數助詞、限定助詞、列舉助詞等 7 個小類。本節我們主要考察其中的結構助詞、體貌助詞、語氣助詞。

1. 結構助詞

普通話中的定語標記「的」、狀語標記「地」和補語標記「得」等通常被稱為結構助詞，因為它們一般用來改變或標示被附著的語言成分的結構關係或語法功能。結構助詞也普遍地存在於漢語各方言中，有的與普通話同源但存在著或多或少的差異，有的是方言內部的創新成分。唐河方言中的結構助詞主要有

「哩」「個」「那」等，下面分別予以描寫分析。

1.1　哩［·li］

朱德熙（1961）將北京話中的「的［tə°］」〔註11〕分成三類，即三個不同的語素「的1、的2、的3」，其中「的1」是副詞性語法單位的後附成分，「的2」是形容詞性語法單位的後附成分，「的3」是名詞性語法單位的後附成分。根據學界通常的認定和本文的需要，我們姑且將這個「的」稱為助詞，在唐河方言中跟它對應的是［·li］，我們記作「哩」，也相應地分成三類，即「哩1、哩2、哩3」，分別將其稱為副詞性標記、形容詞標記和名詞性標記，其中的「哩1」和「哩2」中的一部分（作狀語時）相當於普通話書面語上的狀語標記「地」，「哩1」中的一部分（作謂語、定語、補語時）和「哩3」相當於普通話書面語上的定語標記和「的」字短語的「的」；另外普通話中的補語標記［·tə］（書面上寫作「得」），在唐河方言中也讀［·li］，這裡記作「哩4」。（「副詞性標記、形容詞標記和名詞性標記」是「哩」與所依附的成分結合後的功能分類，「定語標記、狀語標記和補語標記」是「哩」與所依附的成分結合後整體上跟前後成分的結構關係分類，二者有交叉。）

1.1.1　哩1

「哩1」是副詞性標記，也就是說某些語法成分後附「哩1」之後構成的單位是副詞性的。能後附「哩1」的語法成分主要有副詞、擬聲詞、并立結構和雙音節形容詞等（見朱德熙1980：99表格，下文「哩2」「哩3」同），如：滿圈兒哩、不住閒兒哩；呼呼哩、哧啦啦哩；無緣無故哩、一家兒一家兒哩；好好哩、大膽哩，等等。這些後附「哩1」的語法單位只能做狀語，修飾謂詞性成分，其功能相當於副詞（「哩1」對應著普通話書面上的「地」）。例如：

（1）一放暑假他就滿圈兒哩跑著剴積蟟兒蟬。

（2）他不住閒兒哩嗑瓜子兒。

（3）一到冬天風就呼呼哩往屋裏灌。

（4）收音機擱那兒也沒人管，哧啦啦哩響了半天。

（5）一到年前就得一家兒一家兒哩收賬。

〔註11〕該文沒有肯定它是詞尾還是獨立的虛詞，而是「管它叫作『語素』」。這個「的」包括書面上的定語標記「的」和狀語標記「地」。

（6）你跟他好好兒哩拍拍聊聊，叫他想開點兒。

1.1.2　哩$_{2}$

「哩$_{2}$」是形容詞性標記，即某些語法成分後附「哩$_{2}$」之後構成的單位是形容詞性的。能後附「哩$_{2}$」的語法成分主要有形容詞重疊式、動詞重疊式、數量詞重疊式、擬聲詞重疊式、形容詞的生動形式、并立結構和以形容詞為中心語的狀中結構等具有描狀性的成分，這些成分絕大多數只有加「哩」之後才能作為一個獨立的句法成分單用，如：陰陰兒哩、香噴噴哩、清清楚楚哩、瀝瀝拉拉哩、一圪節兒一圪節兒哩、嗚哩哇啦哩、厚墩墩哩、奸秦奸秦哩、怪好看哩，等等。這些後附「哩$_{2}$」的語法單位可以作謂語、補語、定語和狀語等，用來描述事物或動作行為的性狀，其功能相當於形容詞（「哩$_{2}$」作謂語、補語和定語時對應著普通話書面上的「的」，作狀語時對應著普通話書面上的「地」）。例如：

（7）天陰陰兒哩，說不准可能會下雨。

（8）香噴噴哩菜都給它倒板了，真是糟濟了。

（9）我看哩清清楚楚哩。

（10）這雨瀝瀝拉拉哩下了十來天。

（11）你給甘子砍成一圪節兒一圪節兒哩，給娃兒們分分。

（12）他老是吞嘴吐拉舌哩，不著得他嗚哩哇啦說哩啥東西。

（13）這被子壯［tʂuaŋ^{312}］用棉花軋成被套哩厚墩墩哩，蓋著可暖和了。

（14）他這人奸秦奸秦哩，白去搭理他。

（15）這本兒書怪好看哩，借我看兩天吧。

1.1.3　哩$_{3}$

「哩$_{3}$」是名詞性標記，即某些語法成分後附「哩$_{3}$」之後構成的單位是名詞性的。能後附「哩$_{3}$」的語法成分主要有名詞性詞語（包括名詞、名詞重疊式、名詞性短語）、代詞、量詞重疊式、區別詞、動詞性詞語（包括動詞、動賓短語、狀中短語、動補短語、主謂短語、連動短語、兼語短語）和形容詞性詞語（包括形容詞、以形容詞為中心語的狀中結構等）等，如：塑料兒哩、老王哩、誰家哩、他們哩、我哩、格兒格兒哩、條兒條兒哩、鐵哩、吃哩、賣菜哩、年時個蓋哩、洗淨哩、他做哩、站那兒拍話兒哩、教你數學哩、甜哩、囫圇哩、最便宜哩，等等。這些後附「哩$_{3}$」的語法單位可以作主語、賓語、定語和謂語等，用來指稱跟被附著的成分相關的人或事物等，其功能相當於名詞（「哩 3」對應著普通話書面上的「的」）。例如：

（16）這個板子是塑料兒哩。

（17）誰家哩羊在啃麥苗兒哩？

（18）A：衣裳進新貨了，有格兒格兒哩跟條兒條兒哩。你想要哪號兒哩？

B：條兒條兒哩。格格兒哩都有好幾件兒了。

（19）鐵哩值錢還是銅哩值錢？

（20）家裏沒啥兒吃哩。

（21）這房子是年時個蓋哩。

（22）洗淨哩衣裳先搭起來晾著。

（23）飯是他做哩。

（24）站那兒拍話兒哩是誰？

（25）是誰教你數學哩？

（26）甜哩好吃。

（27）他啥都買最便宜哩。

（28）衣裳我洗哩。

（29）他前兒裏回來哩。

1.1.4 哩 4

唐河方言中的補語標記「哩」［·li］跟普通話中的補語標記「得」［·tə］是同源成分，為了跟其他功能的「哩」加以區別，這裡記作「哩 4」。

朱德熙（1982：125）根據現代漢語述補結構中補語跟述語組合時的形式特徵將將其分為黏合式述補結構和組合式述補結構兩大類，「黏合式述補結構指補語直接黏附在述語後頭的格式，例如：抓緊、寫完、煮熟、說清楚、寫上、走回去。組合式述補結構指帶『得』的述補結構，例如：走得快、抓得緊、看得多、寫得很清楚、看得見、聽得出來。」又根據補語所表示的意義將組合式述補結構分為表可能性（如「看得見」等）和表狀態（如「長得漂亮」等）兩種，指出兩種述補結構裏的「得」性質不同，在前一結構中是是獨立的助詞，在後一結構中是動詞後綴（1982：125、126）。關於表可能性和表狀態的「得」字述補結構中「得」的來源，學術界還存在著爭論，有人認為兩種情況下的「得」

有不同的來源（祝敏徹 1960、岳俊發 1984），有人認為來源相同（王力 1958、楊平 1990、蔣紹愚 1994、吳福祥 2002）。

暫且不管來源問題，就目前語料所反映的情況來看，唐河方言中帶「哩 4」的述補結構跟普通話中帶「得」的述補結構在表狀態時有著比較整齊的對應，補語只能是謂詞性成分，不能是體詞性成分，否定形式是在補語前加否定詞「不」。這種述補結構表示為：「V 哩（不）C」。例如：

（30）說哩清清楚楚哩叫你多帶點兒錢。

（31）衣裳洗哩乾淨淨兒哩，不到半天她可又給它董［tuŋ^{54}］弄髒了。

（32）你這字兒寫哩太潦草了。

（33）她給屋裏收拾哩利利亮亮哩。

（34）娃兒哩屁股叫他打哩青一道子白一道子哩。

（35）這兩天忙哩沒顧上跟你聯繫。

（36）氣哩我直想揍他。

（37）給我撐哩路都走不動了。

（38）叫她笑哩腰都直不起來了。

（39）哈密瓜好吃哩很。

（40）這娃兒搗蛋哩很，走哪兒尿哪兒。

（41）心裏悶哩慌。

（42）幾個月沒見了，想你哩慌。

（43）那個女渣子口哩厲害，誰都不敢惹她。

（44）衣裳洗哩不乾淨。

（45）這戲唱哩不好。

表狀態的述補結構有時補語不出現，一般隱含著某種極深的程度意義，帶有誇張意味，這種意義由說話時的現實語境補足，言談者一般都能領會這種言外之意。例如：

（46）看給你美哩！

（47）你瞅給你媽氣哩！

（48）你做哩飯可好吃了，給我撐哩啊！

這三例中述補結構沒有出現補語，補語標記「哩 4」懸空，形式上未足的語義由現實語境可以推知，如例（46）中「你」應是做出一種興奮的姿態，蹦蹦跳跳，喜形於色，等等；例（47）中「你媽」應是一副生氣的樣子，或者怒目圓睜，或者不吃不喝，或者抱頭痛哭；例（48）中「我」應是做手撫肚子狀表示很飽。

而在表可能性時，唐河方言一般採用分析性的詞彙手段即通過表示可能的能願動詞「能」修飾謂語動詞來表達，「哩 4」只出現在正反問句即「V 哩 CV 不 C」格式中（有同意格式「能 V 不能」和「能不能 V」），肯定回答用「能 V」（即表可能性的肯定形式），否定回答用「V 不 C（O）」（即表可能性的否定形式），肯定格式和否定格式顯得不對稱。例如：

（49）A：肉塊子太大了，盡［tsin[54]］煮哩熟盡不熟啊？

B：能盡熟，多盡一會兒就熟了。

（50）你來哩了來不了？能來就早點兒過來。

（51）A：我能看見，你看哩見看不見？

B：看不見。

（52）這東西鎮重，你拿哩動拿不動？

（53）這地宅兒太緊巴了，恁些子人坐哩下坐不下是？

（54）離哩太遠了，我看不見他，你能看見不能？

1.1.5　結構助詞「哩」的來源

關於普通話中「的 1、的 2、的 3」的來源，朱德熙（1966，1980：122）指出：「現代的『的』顯然是唐宋時期『底』和『地』的後身」，並將「地」和「底」區分為三個不同的語素：「地 1」「地 2」「底」，分別是副詞的後附成分、形容詞的後附成分和名詞性單位的後附成分，即認為「現代的『的 1』、『的 2』、『的 3』是分別從唐宋時期的『地 1』、『地 2』、『底』演變來的」（1980：124）。學界對表示偏正關係的「的」來源於「底」和「地」的考證，詳見蔣紹愚、曹廣順主編（2005：253）的綜述；該文還總結和評述了結構助詞「底」和「地」的前身，關於「底」，主要有兩種觀點，一是認為它源於「者」或「之」（2005：257），一是認為它源於指示代詞或方位詞「底」，關於「地」，大多認為它源於處所名詞「地」（2005：272）。

關於普通話中補語標記「得」的來源，上文指出它在表可能性和表狀態兩種意義上是否同源尚存在著爭議。

這些來源上的考證和爭論不是本文要探究的問題，重要的是，唐河方言中的結構助詞「哩1、哩2、哩3、哩4」跟普通話中的「的1、的2、的3、得」到底有什麼關係呢？ 根據上文對唐河方言中四個結構助詞的分析，它們在功能上是跟普通話中的四個結構助詞是分別相對應的、基本一致的；而且在語音上，前者皆音［·li］，後者皆音［·tə］，都是讀輕聲，聲母都是舌尖中音。這些相同或相近的因素讓我們推測它們應該是同源成分。

李如龍先生在指導本書該部分內容時指出，漢語的音節在弱化時有兩種傾向，一是體現在韻母上，如普通話中的結構助詞本來都讀［ti］，後來韻母弱化為央元音，現在讀［tə］；一是體現在聲母上，就像唐河方言的結構助詞「哩」，它是和普通話的「的、地、得」同源的，原也讀［ti］，弱化之後聲母變為同部位的濁音，即邊音，就讀成了［li］。

唐河方言中的結構助詞跟普通話同源也得到了歷史語料和其他方言語料的支持。馮春田（2004）通過對以清代河南話為方言背景的《歧路燈》中結構助詞「哩」的研究，指出漢語史上結構助詞「的、地、得」語音經歷了弱化、減音、趨同，後來都讀為［ti］，詞形上有時都寫作「的」；並從音理上分析指出「哩」［li］是「的」「地」「得」的共同詞音形式［ti］的變體。漢語其他方言裏也有結構助詞為「哩」［li］或聲母為邊音［l］的結構助詞的報導，如：安徽歙縣話和山西和順話中的「哩」（黃伯榮 1996：546、547）以及河南大部分地區的「哩」（郭熙 2005）。

1.1.6　構詞語素「哩5」

唐河方言中的「哩」還可以作為構詞語素，記作「哩5」，有不同來源。如構詞後綴「哩」（詳見第三章第二節附加構詞部分）和後置連詞「哩話」中的「哩」來自名詞化標記「哩3」；比況助詞「樣哩」、副詞「不哩」中的「哩」來自語氣助詞「哩」（詳見本節語氣助詞部分）；動詞「曉得、著得、認得、記得、免得、省得、顯得」等有些人也將「得」［·tai］說為「哩」［·li］，這個「哩（得）」應該跟補語標記「哩4」同源，即它們都來自獲得義動詞「得」〔註12〕。

〔註12〕這個動詞「得」在唐河方言中還發展出能性補語（如「去不得、吃不得、說不得」，跟普通話同）和後置能願動詞（如「吃得了、走得了、做得飯了」，普通話無對應詞）的用法。另外，請人抽煙的禮讓詞語「吸 dai」不是「吸得」或其他，而是「吸袋」，即來自舊社會抽旱煙袋的說法「吸一袋煙」的簡縮凝固。

1.2　個［·kɤ］

「個」在普通話中的用法大體上可以分為兩類，一類是作個體量詞，可以用於沒有專用量詞的事物，也可以用於某些有專用量詞的事物，是個通用量詞，或者說「萬能」量詞，往往跟數詞搭配構成數量短語（數詞若是「一」，有時可以省略），可以單用表示指稱和量化，也可以作定語修飾名詞性詞語表示事物的單位，如：一個人、兩個凳子、一個工廠、十個饅頭、需要五個、兩個就行了、一年有十二個月、他們一個比一個表現好、一個個兒都是好樣兒的、一個一個吃、來了（一）個老師，等等。另一類「個」一般不再跟數詞搭配（有的可跟「一」搭配），而是獨自用在某些成分之間，起到連接、標記某種功能或表達某種語氣的作用，如：晝個晝兒、寫個字兒、洗個澡、睡個覺、討他個喜歡、有個差錯；差個兩三歲、來個一兩趟、跑個百兒八十里；看個仔細、問個明白、笑個不停、玩了個痛快、鬧得個滿城風雨（以上例子轉引自《現代漢語八百詞》1999：222）、罵她個臭死、打你個稀巴爛（張誼生 2003）；好看個屁、買個鬼、苦個頭、好個屌、睡個蛋、能幹個熊、算他媽個屁、有個屁用（杜道流 2006），等等。這些用法的「個」已經不是典型的個體量詞了，有人甚至不把它看作量詞了，其性質在學術界還存在著爭議，有人認為是量詞（趙元任 1979、朱德熙 1982、邵敬敏 1984、石毓智 雷玉梅 2004），有人認為是助詞（丁聲樹等 1961、游汝傑 1983、宋玉柱 1993、石毓智 李訥 1998），有人認為是聯接詞（呂叔湘 1944／1982），有人認為其中大部分還是量詞、小部分是助詞（王紹新 1989、祝克懿 2000），也有人從歷時的角度將現代漢語中「個」的不同用法看作從量詞到助詞演變的連續統（張誼生 2003）。我們這裡不對這些「個」做定性的討論，由於它在短語中承接前後成分，意義比較虛，不再與數詞搭配用於具體的指稱或量化，而是表示一定的結構關係，為了描寫的方便，不妨先將其看作結構助詞。

唐河方言中的「個」的用法跟普通話基本相同。由於唐河方言中專用的個體量詞比較貧乏，「個」的使用頻率顯然要比普通話高得多；由於方言中沒有書面語的加工，所謂「個」的結構助詞用法在唐河方言中的表現不如普通話中那麼多樣，但也包括了其中的大多數。下面根據「個」所在的不同格式分別加以描述。

1）動詞＋個＋一般名詞性詞語

（55）我夜兒黑洗了個澡就睡了。

（56）你過來，我給你交代個話兒。

（57）說起來，我還是你個叔哩。

（58）他算是幫了個大忙，去叫他過來吃個飯。

（59）他平時也不幹個活兒，就會來個牌搓個麻將啥哩。

（60）要是有個三長兩短，那可咋著哩？

（61）切個菜都切不好，要你好抓？

2）動詞＋個＋數量短語

（62）不要恁多，買個仨就中了。

（63）再等個兩三天我就回來了。

（64）還得個個把鐘頭兒才輪到你。

（65）今年年成不錯，能見個萬兒八千哩。

（66）一星大點兒哩事兒就叫我跑了個五六趟。

3）動詞＋個＋謂詞性詞語

（67）這雨又下個不停。

（68）白理她，一理她她就給你鬧個沒完。

（69）叫人家給他打了個半死。

（70）給箱子掀個底兒朝天。

（71）買吧買吧，貴它貴，咱圖個新鮮。

（72）剛給他買了個玩具車兒，他可給它砸了個稀巴爛。

4）謂詞＋個＋「屁」類詈罵性詞語

（73）A：你們家裏布置哩怪得勁哩。

B：得勁個屁啊！哪有你們哩得勁啊？

（74）A：這娃兒怪好哩。

B：好個屎！他是裝給你看哩，平時可不是這號兒勁兒。

（75）A：我還想吃糖。

B：吃個屁！沒得了。

（76）你買這東西有個屁用！

（77）就這點兒錢還想叫我給他幹活哩？幹個屎！

這種情況構成的是感歎句，用肯定的形式表達否定的意義，是表達否定的一種特殊格式，詳見第五章第二節否定範疇部分的內容，普通話中的相關討論見杜道流（2006：48）。

普通話中的「個」還可以跟「得」共用（如：鬧得個滿城風雨）以及在動詞和「個」之間加入代詞（如：罵她個臭死、打你個稀巴爛），這兩種用法不見於唐河方言，後一種說法的意思要用處置式來表達，如「給你打個稀巴爛」。

在唐河方言中，「個」還可以構成以下幾種格式，往往表達粗俗的語氣或辱罵的意義。

1）（叫／給＋）名詞＋動詞＋補語＋個＋舅倌兒／傢伙／家廝

整個格式為處置式或受事主語句，「個」放在結果補語之後，結果補語是形容詞，表示的是說話人不希望出現的狀況，「個」所連接的是帶有粗俗意義的名詞「舅倌兒、傢伙、家廝」等，使整個格式附加強調語氣，帶有惋惜意味。例如：

（78）誰叫收音機砸呼隆個舅倌兒哩了。（此為陳述句，「誰」虛指）

（79）你給電視弄壞了個傢伙了。

（80）花盆兒扳摔爛個家廝了。

2）（人稱代詞＋）親屬稱謂名詞（長輩）＋哩＋個＋身體部位名詞

該格式是名詞性結構，修飾語是表示長輩的親屬稱謂名詞，可前加單數第二或第三人稱代詞表示領屬和有定，結構助詞「哩」輕聲弱化丟失韻母，只剩下聲化韻，讀［·l̩］；身體部位名詞主要是表示性器官的名詞「蛋、屄、屎」等，也可以是「腿」等。這種格式用來表示辱罵，單說，相當於一個歎詞。例如：

（81）答［ta^{42}］父親哩個蛋！

（82）你媽哩個屄！

（83）他奶哩個屎！

（84）奶了個腿！

3）人稱代詞／指人名詞＋個＋消極評價性名詞

這裡的消極評價性名詞帶有辱罵義，整個格式可以單用，相當於一個歎詞，這時只用單數第二人稱代詞；可以作話題主語，這時只用指人名詞，並要在「個」前加指示代詞「這」；也可以作賓語，人稱代詞可以是單數第二人稱和單數第三人稱，構成的動賓結構有恐嚇的意味。單用時「個」前可加指示代詞「這」，作賓語時不能加「這」。例如：

（85）你（這）個憨貨！

（86）你（這）個賣尻哩！

（87）xxx 這個王八蛋，他可真不是東西！

（88）揍你個狗日哩！

（89）打他個舅倌兒哩！

呂叔湘（1985：201）提到普通話中的同類現象時指出：「現在唯一常見的格式是由『你個』加同位名詞構成的短句，沒有任何謂語。這種句子大率轉為罵人用，因為感情強烈，『這』字就跳過去了。」還指出有時候連「你」也脫落了，如：個混蛋、個缺德爛舌根子的、個鴉頭。唐河方言中沒有「你」脫落的用例，而且也不限於人稱代詞「你」，也有作話題主語帶後續述語的用例，以及作賓語的用例。

1.3　那［·nɤ］

跟在普通話一樣，「那」在唐河方言中主要作指示代詞，用於指示和替代，還可以作連詞，在複句或上下文中起連接作用。「那」還有另外一種用法，其功能相當於普通話的結構助詞「的」（即「的 3」，對應著唐河方言中的「哩 3」），可以用在定中結構的修飾語和中心語之間，中心語省去之後構成的「那」字名詞性短語也成立。例如：

（90）你那作業拿來給我看看。

（91）小剛那字兒寫的可好了。

（92）我那（橡皮）誰拿去了？

（93）小潔那（裙子）怪好看哩。

（94）他給那糖可甜了。

（95）看你穿那衣裳髒哩！

（96）你養那（貓）會下生產貓娃兒不會？

（97）他看那（書）是連環畫兒。

（98）有那時候兒會刮颱風。

（99）蘋果放時間太長了，有那都壞了。

上述例子中，「那」字所附著的成分一般是人稱代詞、指人名詞或動詞等，可見使用範圍還是相當有限的，而且多少還有些指示的意義。有時「這」也可以進入上面「那」的某些格式，但「這」明顯是表示近指的指示代詞，例如：

（100）你這菜長勢怪好哩。

（101）我這衣裳花了好幾百塊錢。

（102）他做這飯可香了。

（103）你看這書是我哩。

但不說「有這（＋名詞）」，「這」後的名詞很少省去；用在動詞後的「這」似乎很接近結構助詞的用法，但指示的意義很明顯。

「那」的這種用法在普通話中也有。呂叔湘（1985：209）指出：「與領屬性的定語同用，『這』、『那』無例外的在後。同時，這個領屬性定語之後大多不用『的』字，尤其是那個定語是三身代詞的時候是這樣；從語言的節奏上看，很像是『這』、『那』代替了『的』字……但大多是有原因的。」呂先生舉了兩個例子（1985：210。見下），並指出前者是「避免誤會成同位關係」，後者中的「『那』一隻手，區別於『這一隻手』，要重讀」，例如：

（104）你的這位太太實在是太可愛了。（丁西林，妙 26）

（105）你的那一隻手是幹嗎的？（老舍，面 2）

從唐河方言的用例可以看出，若在領屬結構中間插入「哩」字，從表達習慣和韻律上來說都很不自然，而省略中心語的「那」字短語和表列舉的「有那」的「那」之前更不能插入「哩」字。

石毓智（2002：117）指出：「結構助詞的主要功能之一就是作定語從句標記」，而定語從句標記（relative clause marker）大都來自指代詞是人類語言的一個普遍現象，就漢語內部來說，「漢語史上先後出現的兩個主要結構助詞『之』和『底』原來都用作指代詞」。可見，唐河方言和普通話中的「那」用作結構助詞是有歷史淵源和類型學的依據的。石文指出「漢語方言的結構助詞，很多都是從量詞演化來的」（2002：117），「其發展步驟為：量詞→指代詞→結構助詞」(2002:123);「個」作為絕大多數方言中最普通的量詞，在近代漢語時期向結構助詞的轉變中「一直是『底』的一個競爭形式」，結果是作為結構助詞「個」留在了南方方言，「底」留在了北方方言(2002:118)，而「個」在近代漢語和南方方言中還可以作指代詞，這為它從量詞到結構助詞的演變提供了中間環節。雖然石文分析的依據多是近代漢語和南方方言的語料，所說的結構助詞僅指定中結構中連接修飾語和中心語的語法標記，而唐河方言中「個」也沒有指代詞的用法，但從一個側面可以為我們認識包括唐河方言在內的北方方言中「個」的結構助詞的用法和來源提供有益的思考。

2. 體貌助詞

對於漢語中的「著、了、過、起來、看」等表達動作行為的狀態或情貌的虛成分，學術界已有廣泛深入的討論，一般稱之為動態助詞、時態助詞、體標記或體貌助詞等。因為漢語的體範疇跟印歐語的 aspect 有相近的地方，本文採用「體貌助詞」這一名稱，以突出這類虛成分的範疇特徵和類型特徵[印歐語的 aspect 屬於詞法範疇，體標記只能附著於動詞之後；漢語的體貌助詞不僅可以附著於動詞，還可以附著於形容詞、名詞，不僅可以附著於詞，還可以附著於短語、小句，已經超越了詞法範疇(見施其生 1996:161、張誼生 2002:19)]。

「體」和「貌」概括了兩種不同性質的語言事實，前者表示動作、事件在一定時間進程中的狀態(如完成體、進行體等涉及確定的時點或時段)，和 aspect 較為相近；後者表示和動作、時間的時間進程沒有關係或關係較少的情貌(如嘗試貌、反覆貌等沒有確定的時點或時段)〔註13〕。依據這樣的定義，唐河方言的體貌範疇大致可以分為完成體、進行體、持續體、經歷體、實現體、先時體、短時貌、嘗試貌等類別。

李如龍(1996:6)提出四條標準作為界定體標記的依據，即：①意義的虛化；②結構關係的黏著；③功能上的專用；④語音的弱化(輕聲或合音)。我們對唐河方言體貌助詞的界定主要按此標準。由於體貌標記作為虛成分存在著虛化等級的問題，有的意義已徹底虛化，功能專用，是純體貌助詞；有的尚在虛

〔註13〕李如龍(1996:2)指出:「所謂狀態是人們對客觀進程的觀察和感受；所謂情貌往往還體現著動作主體的一定意想和情緒」。

化之中，本身還有較實在的意義，但也表達類似體貌的意義，功能上有向體貌助詞發展的趨勢，我們稱之為類體貌助詞，在這裡也一併列舉，加以分析說明。下文要分析的唐河方言中的體貌標記大致包括「了、過、著、再、再說、哩、開、起來、下兒、下子」等。

2.1　了

唐河方言中的「了」跟普通話大致相同，可以作動詞和助詞，但也有自己的一些特點。

2.1.1　動詞「了」[liau^{54}] / [・liau]

普通話中「了」[liau^{214}] 作動詞有兩種用法，一是表示「完畢、結束」，可以帶賓語；一是作動結式的第二成分，構成能性述補結構的肯定式和否定式「謂詞＋得／不＋了」。唐河方言中的動詞「了」[liau^{54}]（下文用「了 v」表示）跟普通話的不同主要表現在：一般不帶賓語，構成的能性述補結構只有否定式能單用，肯定式必須跟否定式並列出現構成正反問格式「謂詞＋哩＋了謂詞＋不＋了」。例如：

（106）電視了 v 了，關了 v [・liau] 睡瞌兒吧。

（107）比賽還沒了 v 哩，看完再走。

（108）這回你可跑不了 v 了。

（109）你擱霸鎮些飯，吃哩了 v 吃不了 v 啊？

（110）這幾天光下雨，衣裳洗了都幹不了 v。

（111）這個比那個貴不了 v 多少錢，可是受使耐用多了。

上面這些例子在普通話中都有對應的用法。唐河中的動詞「了 v」還有以下跟普通話不同的用法。

「了 v」作動結式的補語，表示動作完畢，既可以用於已然語境，也可以用於將然語境。意義和功能跟結果補語「完」相當。例如：

（112）a. 吃了 v 飯了。

b. 吃完飯了。

（113）a. 書我看了 v 了。

b. 書我看完了。

（114）a. 寫了$_v$作業再出去玩兒。

b. 寫完作業再出去玩兒。

不同的是，「了$_v$」的語義指向所依附的動詞，表示動作過程的完結，而不管動作所涉及的受事是否從頭至尾參與動作，如上例中 a，「吃」的動作結束了，「飯」可能還有剩餘，別人還可以吃，「看」的動作結束了，「書」未必每一頁都看過，「寫」的動作結束了，可能只是完成了一部分作業；「完」的語義指向動詞所支配的受事，強調受事從頭至尾參與動作，如上例中 b，側重的是受事「飯、書、作業」都沒有剩餘。唐河方言中的這種「了$_v$」跟普通話中的「了$_1$」比較接近（試比較呂叔湘 1999：351 b，前三例中的「了$_1$」在唐河方言中要換作「了$_v$」），但意義還是比較實在的，還沒有徹底虛化，只能緊跟謂語動詞的後面構成動結式，不能附在動結式之後，如「*做完了$_v$功課」是不合法的。我們將這個「了$_v$」看作補語性體標記（見劉丹青 1996）。

「了$_v$」讀輕聲的［·liau］時，一般用在處置義的祈使句（命令句）中，作動結式中的補語，動結式不能帶賓語。這種用法的「了$_v$」在唐河方言中還可以用「它」［·t^{h}a］替換，從語感上看二者表達的語義頗為相似，都有完成義，但是性質不一樣，「了$_v$」是補語性體標記，「它」是複指代詞，有時是一個羨餘成分，但有成句作用，在語境中附帶有一定的體意義。例如：

（115）給這點飯吃了$_v$／它，擱那兒隔夜就絲氣［sʅ^{33} tɕ^{h}i^{312}］餿掉了。

（116）那東西多髒，趕緊板［pan^{54}］扔了$_v$／它。

（117）樹長這兒礙事，抽空兒給它砍了$_v$／它。

（118）給麥賣了$_v$／它了可給你買身兒新衣裳。

例（118）中的「了$_v$」有歧義，若讀［·liau］，便是完成義的補語性體標記，若讀［liau^{54}］，便是表完結的結果補語。補語性體標記「了$_v$」跟普通話中的體貌助詞「了$_1$」的一項功能比較接近，呂叔湘（1999：352）指出普通話中的「有些動詞後面的『了$_1$』表示動作有了結果，跟動詞後的『掉』很相似。……這個意義的『了$_1$』可以用於命令句和『把』字句。」只是普通話中相應的動結式可以帶賓語，唐河方言中不可以。

「了」［liau^{54}］還可以作為語素成詞，構成時間副詞「到了兒［tau$^{312-31}$ liaur^{54}］、末了兒［mo$^{24-33}$ liaur^{54}］、末後兒了兒［mo$^{24-33}$ xəur$^{312-31}$ liaur^{54}］」和形

容詞性的短語詞「不得了［$pu^{24\text{-}33}$ $tai^{24\text{-}33}$ $liau^{54}$］」等。

2.1.2　體貌助詞「了」［·lɤ］

普通話中的體貌助詞「了」有兩個，分別記作「了 1」和「了 2」（呂叔湘 1999：351），「了 1」用在動詞或形容詞後面，表示動作或變化已經完成，「了 2」用在句子的末尾或句中停頓的地方，表示變化或出現新的情況；也有人將「了 1」稱為動態助詞，將「了 2」稱為事態助詞（蔣紹愚、曹廣順主編 2005：226），該文指出：「事態助詞是與動態助詞互相聯繫而又有所區別的一個小類，相同之處在於都可用於表達句子的時體意義，甚至有時同一形式可以兼表動態與事態，而且時體意義基本相同。」曹廣順（1995：110）指出：「事態助詞和動態助詞的一個根本區別，就是前者總是加在一個句子（分句）之後，陳述一個事物、事件的狀態；後者則總是跟在一個謂詞性成分（動詞或形容詞）之後，表示一個動作、變化的狀態。」

唐河方言中的體貌助詞「了」也可以分為「了 1」和「了 2」，跟普通話大體相當，但沒有普通話那麼有表現力。由於「了 1」表示動作或變化的完成，一般稱之為完成體助詞；「了 2」表示變化或出現新的情況，亦即「情況的實現」（施其生 1996：185），因此可以稱之為實現體助詞。

我們在 2.1.1 中分離了跟普通話中完成體助詞「了 1」的功能相對應的唐河方言中的動詞「了 v」，認定它是補語性體標記，那麼普通話中「了 1」的其他功能基本上也為唐河方言中的完成體助詞「了 1」所覆蓋，實現體助詞「了 2」亦是如是，具體表現可以參考《現代漢語八百詞》（1999：251～258），這裡不再贅述。此外，唐河方言中的「了 1」還發展出了假設連詞的用法，詳見本章第三節 3.3。

2.2 過［·kuo］

唐河方言中的體貌標記「過」跟普通話相同，主要有兩個用法，分別記作「過 1」和「過 2」。「過 1」用在動詞之後，表示動作完畢，呂叔湘（1999：246）指出「這種『動＋過』也是一種動結式，但不同於一般動結式，中間不能插入『得、不』，也沒有否定的說法。後邊可以帶語氣助詞『了』。」唐河方言中「過 1」跟補語性體標記「了 v」的用法相同，上面 2.1.1 中例（112）～（114）a 中的「了 v」都可以用「過」替換，意思基本不變。例如：

（119）吃過飯了。

（120）書我看過了。

（121）寫過作業再出去玩兒。

可見，「過 1」也是一個未徹底虛化的表完成的補語性體標記。

「過 2」用在動詞或形容詞後，表示某種行為或變化曾經發生，但並未繼續到現在，是經歷體助詞。例如：

（122）我忘了改哪兒看見過這本書。

（123）他年時個去過廈門。

（124）我沒見過他。

（125）你問過他沒有？

（126）河裏水渾過一陣兒，這幾天又變清了。

（127）他一天到晚都沒有安生過。

2.3　著［·tʂu / ·tʂɤ］

唐河方言中的持續體兼進行體標記「著」跟普通話中的「著」是同源的，來自中古「附著」義的動詞「著」，功能也基本相同，唐河方言中老派多讀［·tʂu］，新派多讀［·tʂɤ］，讀［·tʂɤ］應當是受普通話影響的結果。這種語音上差異的還體現在「著」所在的結構中，詳見下文內容。為了反映方言中的較早層次，我們將其記作「著」。

關於現代漢語「著」的語法意義，學界還存在著不同的看法，大致歸納為八種，即：表示進行，表示持續，表示動作完成後的狀態，表示狀態，表示慣性，表示情狀，表示在某種情況下，表示起始體、非完成體、完結體和完成體（劉一之 2001）。羅自群在前人已有的研究成果的基礎上通過對具體方言的分析，傾向於認為「著」表示持續義（2006：60）。唐河方言中「著」本身也表持續義，但據其所處句法環境的整體語義特徵，往往有不同的附加意義，下面分別予以描寫。

2.3.1　「著」一般用在動詞或形容詞後，動詞、形容詞前可加副詞「正、在、正在」，句末往往有「哩」呼應。有時表示動作正在進行，例如：

（128）我正吃著飯哩，等吃完了再找你玩兒。

（129）外頭正改下著雨哩，雨停了再走吧。

（130）白催了，俺們改走著哩，一會就到了。

有時表示狀態的持續或存在，例如：

（131）他改等著你哩，白捨急。

（132）我去哩時候兒，門正改開著。

（133）都半夜了，那屋哩燈咋還改亮著哩？

（134）堤上站著一群人。

（135）書改桌子上擱掛著哩。

2.3.2 「著」用在兩個動詞性成分中間，構成連動式「V_1＋著＋V_2」，動 $_1$ 多為單音節動作動詞，也可以是動詞連用或重疊形式，表示兩個動作同時進行或在 V_1 進行中出現了 V_2，前一動作往往是後一動作的方式、手段或伴隨動作。例如：

（136）她沒腔了，紅著臉不吭氣兒。

（137）她撈著娃兒回娘家去了。

（138）路上擱著石頭不叫車過。

（139）小妮兒哭著喊著要她媽。

（140）小壞貨又鬧飯時兒哩，吃著下兒哭著下兒。

（141）哭著哭著睡著了。

（142）他俩說著說著打起來了。

「著」用在連動式中有時表示前一動作完成或實現之後的情況，看起來相當於「了 $_1$」，實際上還是持續體標記，表示伴隨著前一動作的發生而發生的情況，所謂的完成或實現義是語境賦予的。例如：

（143）我蒸這饃吃著咋樣兒？

（144）席夢思床睡著可得勁了。

（145）這蜂糖喝著甜哩很。

2.3.3 「著」用在祈使句中動詞後，加強命令或囑咐的語氣，「著」後一般可以加「輕巧」義的虛成分「下兒」，例如：

（146）他們有個老黄狗，你去哩時候兒可招呼著（下兒）。

（147）你先等著（下兒），我一會兒就來。

（148）你給我聽著（下兒），你要是再惹事兒，我可不給你算了倒。

持續體標記「著」在普通話和一些方言中書面上有時寫作「住」，有人就認為表持續義的「住」是從動詞義的「住」、表示結果意義的「住」發展而來的。羅自群（2006：294）指出「……而去聲的『住』，由於和『停止』義的『住』在語音和語義上比較吻合，倒是沒有多少人懷疑它的本字是不是『住』」。也正是這種原因，我們在調查唐河方言時，一度搞不清動結式「關住、接住、逮住」中的「住」跟後附持續體標記的「等著、聽著、招呼著」中的「著」之間的關係及其性質。羅自群（2005、2006：180）根據漢語史上和漢語方言中持續體標記「著」跟「住」的句法位置、語義以及語音上的對應關係，證明了持續體標記「住」來源於中古的「著」，「而動詞『住』在發展到結果補語之後，並沒有進一步演變出表示持續意義的『住』，比如，北京話的『站住』、『站得／不住』中的『住』表示停止、穩固等實在意義」（2005：156）。

2.3.4　唐河方言中的「著」還可以附著在句子或小句的末尾，表示先時意義，相當於「再（說）」，我們稱這個「著」為先時體助詞。例如：

（149）等會兒著／再（說），我先去買點吃哩。

（150）你先白走，等她來了著／再（說）。

（151）不急，你先歇歇著／再（說）。

（152）今兒裏先不使，明兒裏著／再（說）。

（153）A：你啥時候兒回家啊？

B：買住火車票了著／再（說）。

（154）A：走得了該走了。

B：看完電視著／再（說）。

（155）埋慌著／再，我給椅子謄謄你再坐。

現代漢語很多方言中都有「著」類先時體助詞，如山東臨朐話、湖北英山話、江西豐城話（見黃伯榮 1996：246、247），中原官話、蘭銀官話、西南官話、江淮官話（鄂東地區）、晉語、贛語、湘語，山東省沂水、壽光、淄川、臨淄、臨朐一帶，陝南鎮安、平利等地的「客戶話」等（見邢向東 2004：311、312，其他方言見楊永龍 2002：1）。蕭國政詳細分析了武漢方言「著」的三種用法和相關句式，認為「武漢方言『著』是『再說』快讀，前聲後韻反切形成的合音新詞，即合音造詞」（2000：59），「是從『再說』衍生出來的」（2000：60）。

楊永龍通過方言資料和歷史語料兩方面的考察分析認為：「漢語方言中表示先時、相當於『再說』的助詞『著』不是源於『再說』的合音，而是由唐代以後表示祈使的『著』演化而來」（2002：1），這個「著（著）」是唐代以降漢語中十分常見的語氣助詞，「通常用在祈使句尾，表示祈使語氣，偶而也用在表達說話者主觀願望的陳述句尾」（2002：5）。楊文通過對歷史語料的分析指出「表示先時的『著』元末明初已見，而表示先時的『再說』直到清代開可以見到」，而「蕭文所述武漢方言『著』的三種用法在明代都已經出現」（2002：3）。邢向東（2004：311）將「著」分為「著1」和「著2」，認為「『著1』大多伴隨著持續意義，是唐宋以來『著』表祈使用法單一化的結果……『著2』表先行意義，是『著1』在「（等／先＋VP 了）＋著」結構中進一步語法化的結果」，其中「著1」用在祈使句末尾表示命令、願望、警告，「著2」用在表示將來行動的對話的答句末尾和帶有囑咐、威脅意義的祈使句末尾表先行意義。顯然邢文的「著1」和「著2」分別大致對應著楊文所說的語氣助詞和先時助詞。就唐河方言來說，2.3.3 中的「著」跟「著1」對應，2.3.4 中的「著」跟「著2」對應，它們是同源的，功能上的歧異體現了「著」的不同歷史層次和虛化等級。

作為「再說」義的先時體助詞，「著」並不是在任何場合下都可以用「再說」來替換的，如例（155），這一點在其他方言中也一樣，楊永龍（2002：3）已指出，即可對譯為「再說」的「著」前的 VP 是肯定性成分，VP 通常是有界的；不能對譯為「再說」的「著」前的 VP 是否定性短語，是無界的。然而例（155）中「著」可以用「再」來替換，其中的原因，也許是韻律的制約，也許是「著」功能對「再」起了類推的作用，尚需進一步的探討；「埋慌再說」在唐河方言中也是合法的，意為「別急著說出來、等等再說出來」，並不表先時意義，其中的「再說」是謂詞性短語，語義和功能特徵大不相同。

2.4　再［tsai^{312}］、再說［tsai$^{312-31}$ ʂuo^{24}］

「再說」也是漢語普通話和方言中普遍存在的一個先時體助詞，跟先時體「著」的功能相同。《現代漢語詞典》（2002：1567）將「再說」單列條目解釋，說明已將其看作一個詞了；有兩個義項，一是用在句末，表示留待以後辦理或考慮，如「這事先擱一擱，過兩天再說」，一是用在句中，起關聯作用，表示推進一層，如「去約他，來不及了，再說他也不一定有工夫」。「再說」在唐河方言中除了上述兩項功能外，還有同形的狀中短語，可以在句子中作謂語，結構比較鬆散，中間可以插入其他成分。例如：

（156）這事兒過去了就白再說了。

（157）已經是已經了，再說也沒用了。

（158）再不說就來不及了。

（159）他聽你哩話，你再好好兒說說他。

在上面的例子裏，「說」是言說義的實義動詞，副詞「再」作狀語修飾「說」。

這裡著重要說的是先時體助詞「再說」，我們推測它是由同形的謂詞性短語在一定的句法環境中通過「說」義的虛化和整個結構的重新分析而來的。蕭國政（2000：60）指出：「從普通話的用例可以看到，『再說』之所以列為一個詞，是其詞義不能像短語那樣理解為再一次講或然後說。比較詞義和語形的對應情況，不難看出，作為詞的『再說』，「再」的意義沒變，『說』的意義變了，『說』變成一種行為代詞，籠統地代指行為和考慮 / 處置」。楊永龍（2002：4）認為「再說」作為典型的助詞，至少應該同時具備兩個條件：①「說」不能具有言說義；②「再說」只能是句子的次要成分而不能是中心成分（在句中不能是謂語部分）。楊文通過對漢語史語料的分析，指出到清代才出現具備這兩個條件的用例，在由謂詞性短語向助詞凝固的過程中應該經歷了「說」的意義的泛化，即由言說義泛化為安排、處置之類的意思。這和蕭文的分析基本一致。

唐河方言中表示先時意義的「再說」已經徹底虛化，「說」已經失去了言說義，而且往往可以省去而句末單用「再」字，「再」字都要輕讀。2.3.4 的例子中除了最後一例那種附著在否定性短語後的「著」外，其他都可以由「再說」替換。

2.5 哩［·li］

在本節 1.1 中我們分析了「哩」作為結構助詞和構詞成素等的五種用法，除此之外，「哩」還可以用來表達體貌意義和語氣意義，分別記作「哩 6」和「哩 7」。這裡考察體貌標記「哩 6」的用法。

2.5.1 「哩」作持續體助詞，表示動作、狀態和行為的持續、存在或進行，相當於普通話中句末的助詞「呢」。例如：

（160）門開著哩，你自家進來。

（161）我還沒吃飯哩。

（162）時間還早哩。

（163）我夜兒黑正看著電視哩，它停電了。

（164）老王找你哩，你趕快回去。

（165）你吃啥哩？叫我嘗嘗。

（166）你說吧，我聽著哩。

（167）A：你幹啥哩？

B：我在睡瞌兒哩。

2.5.2 「哩」作將行體助詞，表示動作行為即將發生，動詞前一般可加表示將然的能願動詞「要」，普通話裏沒有對應的助詞。例如：

（168）我（要）走哩，你去不去？

（169）她又瞥叉著（要）哭哩。

（170）他收拾收拾要走哩。

我們推測體貌助詞「哩」來自於不表示疑問語氣的語氣助詞「哩」，是受表示進行和持續的「正、在、正在、著」或表示將然的「要」等及相關格式所表達的體貌意義的浸染而產生的。「哩」一旦承擔了體貌意義，一般不能省去，2.5.1 中表示持續意義的「哩」省去的話，句子表義就不太自然，有的根本不能成句；2.5.2 中表示將然意義的「哩」省去的話，句子要麼不成立，要麼就不是表示將然意義。可見「哩」還有足句的作用。關於語氣助詞「哩 $_7$」的用法，見下文 3.1。

2.6　開［k^hai^{24}］、起來［·$tɕ^hi$·lai］

「開」和「起來」都是起始體助詞，用在動詞或形容詞後，表示動作的開始或狀態的出現並將繼續下去的意思，側重於開始，跟普通話中的起始體助詞「起來」功能相同。例如：

（171）還沒打他哩，他可哭開／起來了。

（172）一星大點兒哩事兒，她們倆就吵開／起來了。

（173）老師剛走，他們可協火開／起來了。

（174）這學期任務重，一開學就忙開／起來了。

（175）還沒誇她兩句兒，她可又愣叉開／起來了。

（176）天又熱起來了。

（177）過了年一開集，賣菜哩又多起來了。

（178）這兩年掙了點兒錢，日子又好過起來了。

但是「開」的組合能力不如「起來」，如例（176）（177）（178）中的「起來」就不能換作「開」。而且二者來源不同，「開」是動詞經過作結果補語虛化來的，「起來」是經過動詞作趨向補語虛化來的。

2.7 下兒［ɕiər］、下子［·ɕiɛ·tsɿ］

虛成分「下兒」和「下子」是由數量短語「一下兒」和「一下子」附著在動詞之後，在一定條件下虛化而來的體貌標記，可以兼表短時貌和嘗試貌的語法意義。二者在表達上附加有不同的語義內容，「下兒」附加有「輕巧、委婉」的意義，一般的動詞後都可以附著；「下子」附加有「隨意、唐突」的意義和不滿、不希望發生的情緒，只能附著在動作性較強的動詞後。

「短時貌表示動作經歷的時間短暫。因為它反映的不是事件進程中某一時點或時段的特徵，也不是動作、事件所實際經歷的絕對時值，常常反映著動作主體的感受，因此不列為體而列為貌，把它理解為一種狀態。」（李如龍 1996：212）普通話的短時貌可以用動詞的重疊式表示（單音動詞重疊時可在兩個重疊音節間加「一」），也可以在動詞後加輕聲的「一下」；唐河方言的短時貌可以用動詞重疊式（但單音動詞重疊式中間不加「一」），也可以用後附的「下兒」和「下子」表示。例如：

（179）你看下兒我這兒是咋著了？

（180）我今兒裏去不了學校了，你替我跟老師說下兒。

（181）你起來下兒，我給椅子墊兒拿去洗洗。

（182）我得想下兒一時兒咋著說。

（182）叫你半天了，你就不會過來看下子？

（184）只顧走路哩，沒盱顧腳叫崴下子。

（185）他抽楞子趁人不注意給人家打下子。

（186）你就不會給鼻子擦下子，吸溜下子吸溜下子，多噁心人！

「嘗試貌表示動作行為的非正式性質和未定著狀態。既是嘗試，就未必十分周全，往往是短時進行的，因此嘗試和短時有關係而出現交叉。」（李如龍

1996：213）普通話中的動詞既可以表短時義也可以表嘗試義，還有專用的助詞「看」用在動詞重疊式後表嘗試義。唐河方言中嘗試義的表達同樣可以用動詞重疊式，專用的嘗試貌助詞不僅有「看」，還有「下兒」和「下子」；而且動詞後若沒有賓語，「下兒」和「看」疊加附著於動詞後表示嘗試義，「下子」和「看」疊加的情況很少見，可能是受韻律制約的結果。例如：

（187）你嘗下兒我炒哩菜，看好吃不好吃。

（188）你穿下兒（看）。

（189）叫他走下兒（看）。

（190）不信你摸下子，他肯定會惱。

（191）你嘗下子就知道好吃不好吃了。

（192）你哩車兒叫他騎下子看咋樣兒。（此例「看」為連動式後一動詞）

短時貌和嘗試貌助詞「下兒」和「下子」還可以用於表示反覆義的動詞重疊式，詳見第三章第一節重疊構形部分。

此外，「下子」還可以附著於某些擬聲詞和副詞之後，表示動作發生得突然，亦即短時意義，如「猛下子、呲下子、撲通下子」等，數量詞「一下子」作狀語也用來表示動作的突然。例如：

（193）他猛下子給門炸［tʂa312-31］踹開了。

（194）摩托車兒呲下子開過去了

（195）他撲通下子竄到水裏了。

（196）一下子板了個狗吃屎跌倒時嘴觸地狀。

「下兒」用於以下三種格式，在原式語義的基礎上附加輕巧的意義和緩和的語氣。

1）V＋著＋下兒

「V＋著」即動詞或形容詞後附持續體標記，表示動作或狀態的持續。

（197）你先等著下兒，我就過來了。

（198）東西擱到那兒叫他看著下兒。

（199）她臉紅著下兒，就是不吭氣兒。

（200）房子就是空著下兒也不叫他住。

2）V＋住＋下兒

「V＋住」即動結式，表示動作或狀態的終結，動詞有處置義。

（201）給門關住下兒。

（202）給車兒扎住下兒。

（203）叫那個洞兒給它自［tsɿ³¹²］堵住下兒。

（204）掌鍋蓋住下兒。

3）V_1＋著＋下兒，V_2＋著＋下兒

前後兩個動作同時發生或伴隨。

（205）吃著下兒，說著下兒。

（206）哭著下兒，喊著下兒。

（207）打著下兒，噘著下兒。

3. 語氣助詞

同結構助詞和體貌助詞主要附著在詞和短語後面表示結構關係和語法意義不同，語氣助詞主要用於句末或句中表示語氣情態和交際功用（張誼生 2002：3）。唐河方言中的語氣助詞有「哩、們、吧、著哩、啊、啦」等，這裡主要考察「哩」和「們」的用法。

3.1 哩［·li］

唐河方言中用作語氣助詞的「哩」，我們記作「哩$_7$」，所表達的語氣功能大致分為兩類，一是表示疑問語氣，一是不表示疑問語氣。

3.1.1 表示疑問語氣的「哩」用於是非問句以外的問句

3.1.1.1 用於特指問句，句中一般有疑問代詞「誰、咋、啥（子）、哪兒（下兒）」等。例如：

（208）你喊誰哩？

（209）他咋誰都不認識哩？

（210）你找啥（子）哩？

（211）屋裏都沒得個椅子，叫我往哪兒坐哩？

有時不出現疑問代詞，「哩」只附著於一個名詞性成分之後，依然構成特指問句。有的是問「在哪兒」，例如：

（212）咋卯［mau^{54}］剩你一個兒了？他們哩？

（213）遙控板兒哩？我找了半天都找不著。

有的是問「怎麼樣」，例如：

（214）你說今兒裏沒空兒，那明兒裏哩？

（215）這回我沒考好，你哩？

3.1.1.2　用於選擇問句，選擇項之間有「還是」時，「哩」一般放在前一項之後；若不用「還是」，「哩」放在句末。例如：

（216）我是去哩還是不去？

（217）你是答應哩還是不答應？得趕快給我個准信兒。

（218）他想吃不想吃哩？

（219）這事兒好辦不好辦哩？

3.1.1.3　用於反問句，常跟疑問詞「為不啥兒、咋、啥、哪兒」等搭配使用。例如：

（220）為不啥兒他不來哩，你才給他恁大一點兒錢。

（221）我咋會不曉得哩？

（222）你摻和啥哩？

（223）要不是你爸幫忙，他哪兒能鎮快就找住工作哩？

3.1.1.4　「哩」還可以用於構成拷貝格式「V 啥哩 V」（＝別 V / 不 V），其實也是以反問句的肯定形式表示否定意義。詳見第三章第一節重疊構形部分 2.2.3.2。

3.1.2　不表示疑問語氣的「哩」主要有以下作用：

3.1.2.1　用於陳述句（或小句）末，指明事實而略帶誇張，謂語中心動詞或形容詞前加副詞「才、還」等。例如：

（224）要是買個假哩才氣人哩。

（225）他才不會來哩。

（226）天還沒黑哩，他就給燈開開了。

（227）你是個哥哩，讓下兒你弟弟們語氣詞。

（228）晌午吃恁些飯哩，還沒到餓哩時候兒。

普通話中「呢」用在敘述句末尾有表示持續義的用法，唐河方言中的「哩」

也有此功能，但「哩」在表達持續義時多為必有成分，我們將其看作持續體標記，詳見本節 2.5。

3.1.2.2　用在陳述句中停頓處，有以下幾種情況：

1）用在主語後，含有「至於，要說」的意思。例如：

（229）他還小，不聽話也就算了；你哩，都一二十了，還跟個娃兒樣哩。

（230）心意我領了，錢哩，你撇那兒自己使。

（231）好是好了，這藥哩，你還得吃兩天牢靠些。

2）用在假設小句句末。例如：

（232）打你哩，我心疼；不打哩，你不長記性。

（233）多給你點兒哩，你亂花；少給你點兒哩，沒幾天就又問我要。

（234）你要是困了哩，就先睡。

3）其他

（235）我說哩，你倆早都認識了啊！

（236）A：我媽壯縫製哩被子可真暖和！

B：你當以為哩，那是你媽當把兒給你壯哩。

（237）管他哩，盡他鬧去。

（238）你可管我哩，我哩事兒我自己清楚。

「管＋人稱代詞＋哩」是以肯定形式表示否定意義，意思等同於「別管＋人稱代詞」，含有「放任」的意味，詳見第五章第二節。

3.1.3 「哩」附著於連用的同義、反義的動詞或反義的形容詞之後，在格式中起到一種關聯作用，表示一定的語法意義。這是包括唐河方言在內的中原官話等方言中普遍可以見到的現象，普通話中沒有對應於「哩」的助詞以及相關格式。

3.1.3.1 「哩」附著於連用的同義或反義的動詞之後，構成「V_1 哩 V_2 哩」格式，意義相當於「又是 V_1 又是 V_2」。例如：

（239）這幾天可忙活了，接哩送哩，快給我使死了。

（240）一句話說不對，就是哭哩鬧哩。

（241）小傢伙一睡醒就是蹦哩跳哩，可歡颯了。

（242）剛剛兒還說哩笑哩，一時兒時兒可說惱了。

3.1.3.2 「哩」附著於連用的反義的形容詞之後，構成「A_1 哩 A_2 哩」格式，具有習語性質，相當於相關反義形容詞複合構成的副詞，作狀語，意為「無論如何」，常用在否定句中，跟否定副詞「不、白」等搭配使用。例如：

（243）這事兒他死哩活哩（＝死活）都不答應。

（244）他豎［ʂun^{42}］哩橫［xuŋ^{312}］哩（＝豎橫）都不去上學。

（245）你高哩低哩（＝高低）白給我添亂。

3.1.4　語氣助詞「哩」的來源

「哩」作為語氣助詞不僅存在於現代方言中，而且一度是近代漢語時期常見的語氣助詞，它曾是普通話中「呢」在來源上的一個必不可少的重要環節。關於「呢」的來源，呂叔湘（1941／1984：58）、王力（1980：454、1990：447）、江藍生（1986：17）、太田辰夫（1958／1987：345）、孫錫信（1992：69、1999）、曹廣順（1995：151）、餘光中 植田均（1999：424）、馮春田（2000：529）、齊滬揚（2002：122）等都做過深入的研究，其中也必定涉及對漢語史上「哩」字的分析。江藍生（1986：17）將現代漢語的語氣詞「呢」分為「呢 1」和「呢 2」，分別指表示疑問語氣的「呢」和不表示疑問語氣的「呢」；齊滬揚（2002：128）在已有的研究成果的基礎上梳理概括了漢語史上「呢 1」和「呢 2」的發展脈絡，即：

「呢 1」的來源路徑：那、聻（唐、五代）→那（金、元）→那、呢、哩（金、元之後）→呢、哩（明代以後）→哪、呢（清代以後）→呢（現代）

「呢 2」的來源路徑：裏、里（唐、五代）→哩（宋、元、明）→呢、哩（清代）→呢（現代）

如果這樣的結論可以信據的話，那麼「哩」至遲在唐五代就已經以「裏、里」的形式存在了。江藍生（1986：25）指出：「漢魏六朝文獻裏，呢 1 呢 2 同用一個『爾』字；到了唐代，口語裏出現了『在裏、裏』作呢 2 的用法，這樣呢 1 呢 2 開始分用」，後來，「金元系白話的『呢』字取代平話系裏的『哩』字，使呢 1 呢 2 的用字重歸統一」〔註 14〕。「爾」兼有表疑問和不表疑問兩種功能，

〔註 14〕江文「金元系、平話系」的說法源自呂叔湘（1941、1990：70），「平話系」呂文原文是「話本系」，呂文指出：「話本系白話大致可信其依據汴京與臨安之口語，金元系白話則其初殆限於燕京一帶而漸次南伸。」可見「金元系」「話本系」是對官話的帶有歷時視角的地域分類。

詞形分化之後分擔了不同的功能。據已有的研究成果，普通話中「呢」的來源形式「聻、那、裏」之間的關係還存在著爭議，但可以肯定的是，在演變中它們之間在功能上相互吸收，並在使用中經歷了競爭兼併，發展到後來的「呢」和「哩」，都兼有表疑問和不表疑問兩種功能，這兩個詞形在方言和共同語中有不同的競爭優勢，在由金元系白話發展而來的共同語中，「呢」得以留存，而在由話本系白話發展而來的中原官話中，「哩」得以留存。

那麼，唐河方言中的語氣助詞「哩」，即上文 3.1.1 中表示疑問語氣的「哩」和 3.1.2 中不表示疑問語氣的「哩」分別對應著普通話中的「呢 1」和「呢 2」，也就不難理解了。3.1.3 中「哩」的用法則是跟唐河等地方言語氣助詞系統相適應的內部創新，普通話中的「呢」就沒有這種用法。

3.2 們［·mən］

唐河方言中的語氣助詞「們」的主要功能是表示確信語氣，可以用於陳述句、祈使句和疑問句的末尾，還可以用在句中停頓處，這些功能相當於普通話中的「嘛」。

3.2.1 用在陳述句末，表示「事情本應如此或理由顯而易見」，從語用上看，可以增強語氣，表達提醒、明示等功能。例如：

（246）你說你要上街們，快晌午了都，你咋還不走哩？

（247）「福」字兒倒著貼意思就是「福到」們，倆字兒是一個音。

（248）A：你咋鎮早就給我叫醒了哩？

B：今兒哩考試們，早點起來準備下兒。

（249）A：你抓哩要去打工？

B：我去打工掙錢好叫你上學們。

3.2.2 用在祈使句末，起到舒緩語氣的作用，有「勸說請求」的功能。例如：

（250）不知道你就白胡說們。

（251）白氣了們，多大哩事兒？！

（252）這還差不多們。

（253）你再給我加兩塊錢不就妥了們。

（254）叫你來你就來們，有啥好沒腔害羞哩？

（255）白再推來推去了，給你你就拿著們。

3.2.3 用在問句末（包括反問、反覆問、特指問和選擇問），具有「明示」的功能，含有說話人希望話題繼續下去的意思。在反覆問、特指問和選擇問中，還衍生出不滿或催促的附加意義。例如：

（256）你不是也要去們，那你給他們帶個路兒。（反問）

（257）飯你還吃不吃們？你就光顧著看電視。（反覆問）

（258）你們誰去們？問了半天咋沒個人吭氣兒哩？！（特指問）

（259）你到底去還是不去們？（選擇問）

3.2.4 用在句中停頓處，表達提頓語氣，喚起聽話人的注意。例如：

（260）我就說們，他肯定能考上哩。

（261）那個人咋恁眼熟哩？那不是那個誰們，哦，對，是王老師。

（262）不兒哩們，賺錢哩事兒誰不想幹？

（263）老哩父母們，誰不想著自己兒女早點兒成個家業。

（264）那時候兒沒吃哩們，我連老鼠肉樹皮都吃過。

（265）上樑不正下樑歪們，不哩他咋會跟他爹樣哩光去撈摸人家哩東西？

3.2.5 「們」的來源

唐河方言中的「們」跟普通話中「嘛」大致相當，但「嘛」的部分功能「們」不具備，如強星娜（2007：34）一文中的例（1）～（9），杜建鑫、張衛國（2011：148）一文中的例（6）等，這類例子中說聽雙方的關係比較密切，有撒嬌或矯情的味道，與唐河縣的社會人文風貌和傳統觀念不符，如果有人學著普通話的樣子去說，就會招致嘲笑。除去這一點，「們」和「嘛」的功能基本對應，我們推測它們是同源成分在不同方言裏的語音變異形式，「嘛」以元音［a］收尾，發音比較響亮，「們」以鼻音［n］收尾，發音比較低沉，正如普通話中「呢」和「的」相對應的唐河方言中最常用的助詞「哩」以［i］收尾，響度也比較低。

如果「們」跟「嘛」同源的假設成立的話，那麼弄清了「嘛」的來源，「們」的來源的線索也就基本清晰了。黃伯榮、廖序東（2002：47）認為「嘛」是由兩個語氣詞「嘿啊」融合成的一個音節，不過沒有說明這一融合是歷史的演進還是僅僅對共時現象的一種推斷。呂叔湘（1982：269、270）提到與「嘛」相當的「麼（末）」，指出「麼」字也有說成「嗎（嘛）」的，但也僅是舉例說明並跟「啊」作了比較，沒有追溯其來源。石毓智（2006：214、215）將「嘛」稱為感歎標記，指出「嘛」用在感歎句中表示「事情本應如此或理由顯而易見」，從表意功能和搭配形式（分布形式）上論證了「嘛」是從疑問語氣詞「嗎」演化而來的，並佐以「嘛」和「嗎」共同的弱化形式「麼」[mə]（語音形式）；但這也是基於現代漢語共時語料的推斷，缺乏歷時的考究。根據蔣紹愚、曹廣順主編（2006：275～288）和孫錫信（1999：50）等的總結，現代漢語疑問語氣詞「嗎」大致經歷了「無→麼→嗎」的演變路徑，「無」和「麼」表示疑問語氣產生於唐五代，經過一段時間的並存競爭，大概金元時「麼」取代了「無」，並產生了非疑問的用法如表示停頓和感歎等（孫錫信 1999：104）；孫錫信（1999：163）指出，明清時期出現的「嗎」繼承了「麼（麼）」的疑問和非疑問的用法，非疑問的「嗎」即「不是用於是非問、測度問和反問，而是表示對事實的完全承認，帶有不滿或無可奈何的情緒」，「這種用法的『嗎』，如今一般寫作『嘛』」。孫文從歷時的角度梳理了「嘛」的來源及演變脈絡，大致是可信的。根據以上的分析，我們認為唐河方言的「們」是「嘛」的地域變異形式〔註 15〕。需要說明的是，普通話中用在是非問句中的疑問語氣助詞「嗎」在唐河方言中沒有對應的同源成分或平行發展而來的成分，相應的語義功能在唐河方言中是用疑問語調、反覆問句或位於句末的「不、沒／沒有／沒得」結合相關疑問格式等來表達的，詳見第五章第一節的內容。

第五節　否定標記「沒有」和「沒得」及其來源與演變

唐河方言中的否定標記「沒有」跟普通話中的「沒有」在功能上是基本一致的，即兼作動詞和副詞，不過其動詞用法的使用頻率較低，因為還有一個更常用的否定標記「沒得」主要承擔了相應的動詞的功能。事實上，「沒得」並不是唐河方言獨有的，而是自中古漢語時期就已產生，並分布於現代大多數漢語方言中（如中原官話、江淮官話、西南官話、吳語、湘語、贛語、粵語等，見

〔註 15〕陝縣方言的語氣助詞「曼」[man]（張邱林 2009）和宜陽方言的語氣助詞「蠻」[·man]（陳安平 2009：97～99）跟唐河方言的語氣助詞「們」[·mən] 的語音形式和句法功能都比較接近，張文（2009：58）認為「曼」源於漢語史上的「麼」，陳文（2009：99）認為「蠻」也應屬「曼」類，筆者認為它們應該都是同源的。

許寶華、宮田一郎主編《現代漢語方言大詞典》1999：2907），只是學界只關注了「沒有」的相關研究，忽略了「沒得」的存在，很少有人對其作共時描寫或歷時分析。

本節我們打算借著對唐河方言否定標記的揭示，通過歷時和共時縱橫兩個視角來探討漢語中「沒有」和「沒得」的來源，以及「沒得」在普通話和唐河方言中的新的演變，即：在普通話中衍生出指代性否定副詞的功能，在唐河方言中衍生出未然體副詞的功能。

1. 唐河方言中「沒有」和「沒得」的意義及功能

在普通話中，否定標記「沒有」兼有動詞和副詞兩種功能，《現代漢語詞典》（2002）和《現代漢語八百詞》（1999）都有詳細描述。作動詞時，既可以作一般主謂句的主要動詞，也可以用作一些特殊的句式如兼語句、連動式的第一動詞，還可以用在比較句中，表示對某種狀況（擁有、具有、存在等）的否定；作副詞時，用在謂詞性成分的前面，對其進行否定。無論「沒有」充任哪種功能，都讀［mei^{35} iou^{214}］。

唐河方言中的否定標記「沒有」讀［mu$^{24\text{-}33}$ niəu^{24} / nəu^{24} / iəu^{24}］，兼作副詞和動詞，而主要用來作副詞，否定標記「沒得」讀［mu$^{24\text{-}33}$ nai^{42} / tai^{42}］，只作動詞，基本上取代了「沒有」的動詞用法（二者作為動詞，使用頻率在唐河縣不同鄉鎮可能存在差異）。

否定動詞「沒得」的功能具體如下：

1）對領有、具有的否定

（1）我沒得你想要哩書。

（2）他這個人最沒得意思了，總是說些不吃爛勁哩話。

（3）我沒得空兒管你哩閒事。

2）對存在的否定

句首常用時間、處所詞語。不存在的事物一般作「沒得」的賓語。

（4）明兒裏沒得雨。

（5）沒得人給我說你回來了。

（6）今兒裏沒得饃吃了。

（7）你給他噎哩沒得話說

3）表示數量不足

（8）他去了沒得兩天就回來了。

（9）這點兒米沒得十斤重。

（10）我一個月掙哩連兩千都沒得。

4）表示不及，用於比較

a. 沒得＋恁／鎮＋形／動

（11）他長哩沒得恁高。

（12）他們沒得恁有錢。

（13）廣州就沒得咱們這兒鎮冷。

（14）他沒得恁喜歡你。

b. 沒得＋名＋形

（15）誰都沒得他能聰明。

（16）汽車沒得飛機跑哩快。

5）用在疑問句中有兩種形式，答語可以單用「沒得」

a. 有＋名詞＋沒得？

（17）A：屋裏有人沒得？

B：沒得（人）。

（18）A：這回打架有他沒得？

B：沒得（他）。

（19）A：你有五塊錢沒得？

B：沒得。

b. 有＋沒得＋名詞？

（20）屋裏有沒得人？

（21）這回打架有沒得他？

（22）你有沒得五塊錢？

唐河方言中是非問句一般只用語調表示，沒有「嗎」或相當於「嗎」的疑問語氣詞，普通話中這種「嗎」字是非問句在唐河方言中通常說（5）a、b的格式。

6)「沒得」還可以用作補語，相當於「完」

（23）鍋裏飯都吃沒得了。

（24）這個月哩錢又花沒得了。

此外，「沒得」還發展出了未然體副詞的功能，讀音有變化，讀為［mu$^{24-33}$ tai^{24}］，本章第一節否定副詞 7.2 已提到，下文將對其來源進行分析。

「沒有」作動詞可以替換以上例中的「沒得」，作副詞不能用「沒得」替換。例如：

（25）書我還沒有看完。

（26）天還沒有黑哩。

（27）A：你回來了沒有？

B：回來了。／沒有。

2. 漢語中「沒有」和「沒得」的來源

在唐河方言中，同類的否定標記有三個，即「沒、沒得、沒有」，其中「沒得」是動詞，「沒」和「沒有」兼作副詞和動詞。「沒」和普通話的「沒」是同源的，但音類和音值各不相同。「沒」在《廣韻》中的音韻地位為明母入聲沒韻，普通話讀陽平［mei^{35}］，在唐河方言中則合乎自身古今音變的對應規則讀為陰平［mu^{24}］。「沒有」讀［mu$^{24-33}$ niəu^{24} / nəu^{24} / iəu^{24}］，「沒得」讀［mu$^{24-33}$ nai^{42} / tai^{42}］，其中「有」和「得」聲母讀［n］顯然是受前一音節鼻音聲母［m］同化的結果。

2.1 「沒」的來源

解決「沒得」和「沒有」的來源問題，要從「沒」的來源和演變入手。關於否定詞「沒」得來源，至少有四種觀點，我們將其歸納為：

1)「沒」的詞義引申引起的詞彙更替。太田辰夫（1958：278）指出：「『沒』的原意是『陷沒』、『埋沒』的沒。由此引申，大約在唐代用於『無』的意思。」並認為「恐怕是用『沒』代替這種用法（即「可能只是為了語調的關係把單個的『無』擴展成兩個音節〔註16〕」）的『無』因而就產生了『沒有』這種說法」，「產生的日期可能是宋元之際」，作者指明找不到確切的例子。石毓智、李訥

〔註16〕即「無有」。

（2000：49）持相似觀點，並進行了詳細論證，指出：「大致在唐中後期（約8世紀），『沒』由意為『沉沒』、『埋沒』的動詞引申意為『缺乏』、『無』的動詞，該狀況大致持續到元代（約13世紀）。」

2）「沒」與「無」詞義和語音發展的相宜性引起的詞彙替換。徐時儀（2003：1～6）認為：「『無』與『沒』的替換在唐時已露端倪，『沒』由『沉入水中』引申的『消失』、『失去』義融入了『無』的『亡』義而產生『沒有』義，『沒』韻的舒聲化與『無』的文白異讀使得『沒』的讀音與『無』的白讀音［mu］趨於相似，進而逐漸形成了『沒』取代『無』的語義和語音條件。」並證明「『沒』最終約在元明時已完成了取代『無』的替換過程」。至於普通話「沒」讀［méi］音的原因，徐文引用了左思民《論「沒」和「沒有」的來源》（碩士論文 1985）的觀點，即「可能是『沒』［mò］和『有』合音的結果，『有』讀成輕音。」

3）「無」的促音化引起的詞形變化。潘悟雲（2002：202～210）認為：「古漢語的『無』在北方並沒有消失，在虛化的過程中語音發生促化變成了『沒』。」並指出：「在各地方言中還有一個現象：有『無』的南方方言沒有『沒』，有『沒』的北方方言沒有『無』，『無』只是作為文言殘留在語言中。兩者的互補關係也透露了兩個詞之間的歷史關係。」

4）「沒」來自「無物」的合音。李如龍先生在指導本書該部分內容時，根據吳方言的事實認為「沒」來自「無物」的合音。

各家觀點見仁見智，卻並不截然對立，因為根據語言事實（不管是歷史文獻還是方言語料），我們既不能否認否定動詞「沒」是從「沒，沈也」引申衍生而來，也不能否認音變的事實。或許我們可以將其視為語言音義發展的適宜性和詞彙語法系統古今演變的適應性調整的體現。此外，上述觀點雖然各有差異，但有一點是一致的，即古代漢語中動詞「無」的意義和功能在現代漢語中是由動詞「沒」承擔的。當然，它們各自適應古今漢語的語法系統，在表義和功能上也有一定的差異。

否定動詞「沒」取代了「無」之後，在一定句法機制（即經常作連動式的第一動詞）的促動下，「沒」作獨立動詞的地位開始動搖，詞義逐漸虛化，「明中葉（約十五世紀）以後，『沒』開始逐漸用於謂語中心動詞的否定」（石毓智、李訥 2000：49），成為表示否定的副詞。

同時，「沒」作為否定動詞的意義和功能保留了下來，與表示否定的副詞「沒」並存於在漢語系統中。

2.2 「沒有」的來源

蔣冀騁、吳福祥（1997：446～448）認為「『沒有』原本是動詞『有』的否定形式，它的出現可能是受古漢語『無有』形式的類化影響」。香阪順一（1997：164、245）指出：「『無有』最初應是一個偏正詞組，隨著『無』為『沒』所取代，出現了『沒有』與『無有』平行的現象，『沒有』亦逐漸取代了『不有』。」石毓智、李訥（2000：50）指出：「『沒』作為普通動詞的否定標記的時間比『沒有』凝固成複合動詞的時間大約要晚一、兩百年的時間」，「『沒』從約八世紀起開始引申作否定『領有』的動詞，一直到約十四世紀的五、六百年的時間裏都是單獨用，『沒有』是後起的用法。」「『沒有』的廣泛使用帶來兩個直接效果：一是加速了『沒』向單純否定標記的發展，二是『沒有』又凝固成一個複合詞，為其後來向動詞否定標記的發展提供了可能。『沒有』作為動詞的複合否定標記已見於明中葉的文獻裏。」

至於「沒有」由動詞向副詞的虛化，徐時儀（2003：5）指出：「與動詞『沒』虛化為副詞『沒』相似，當『沒有』處在連動式句子中時，『沒有』往往在句中充作次要動詞，表示否定，其在句中經常充當狀語成分的語法位置導致其詞義進一步抽象虛化，其詞彙意義亦逐漸虛化為表示否定的副詞。」這一變化在南宋已經發生。

「沒有」有了副詞的用法之後，其動詞的功能依然保留。這樣，根據出現時間的先後順序，動詞「沒」「沒有」和副詞「沒」「沒有」這四個不同歷史層次的語言成分疊置並存於現代漢語中。

2.3「沒得」的來源

2.3.1 各方言中的「沒得」

石毓智、李訥（2000：60）指出：「在某些方言裏，諸如湖北話、四川話等，『沒得』主要是對『有』的否定，其後常有名詞賓語，而且常作句子的中心謂語動詞。」

《丹陽方言詞典》（1995：286）收有詞條【沒得】，相關解釋見【無則】（1995：180～181）：

> 【無則】ŋ˧ tsæʔ˧=〚沒得〛mæʔ˥˧ tæʔ˧ ❶動詞，沒有：～理由|～人|～點高什麼人想去　你～他高　來則～兩天就走咧　❷副詞，用於動詞前，表示不能夠，不夠資格做某事：你已～到北京去|大家都有則跟「無則」相對，表示可以看，就你一看‖　老派多說「無則」，新派多說「沒得」。「沒得」是從江淮方言和農村引進的說法。

該詞典「引論」指出：「丹陽方言處於吳方言和江淮官話兩大方言區的交界地帶，歷來有『吳頭楚尾』之稱。」（1995：4）目前我們查找不到有關江淮官話中否定標記「沒得」的語料或研究成果，《丹陽方言詞典》的解釋當是可靠的，由此可以窺見在江淮官話中「沒得」的動詞用法同普通話動詞「沒有」和唐河方言「沒得」是一致的，而且語音上也相近，但副詞的用法無甚關聯。

朱建頌（1992：24～26）指出：「普通話裏『沒（沒有）』是動詞又是副詞。」與普通話對比，「武漢話裏是不同的兩個詞。動詞是『冒得』mau^{35} $tɤ^{213}$（單說）或 mau^{35} tə・|（在名詞前）。副詞是『冒』mau^{35} 或『冒有』mau^{35} iou^{42}（iou・|）或 $miou^{42}$（合音）。」根據朱文舉例及相關句法語義描述，我們覺得武漢方言中動詞「冒得」（在疑問句末尾和個別俗語中可以省略為「冒」）與普通話中動詞「沒」和「沒有」及唐河方言中「沒」和「沒得」一致，語音上與唐河方言也較為接近，只是「冒」可以用於疑問句末尾和問話答語，「沒」在普通話及唐河方言中沒有這些用法（唐河方言新派中開始有零星用例見於疑問句末尾）。轉引數例，以便比較，如：往常有做的，冒得吃的（38 頁）；那個冒得這個好／這個有那個大冒？／這個有冒得那個大？（39 頁）；我冒得書 me・|！（40 頁）；鍋裏還有飯冒？／我看了，冒得了／冒得麼事（41 頁）；冒大冒小（對長輩）無禮（177 頁）；有一個、無一個、冒一個謔語，一無所有（178 頁）；兩個啞巴見面——冒得話說好極了（180 頁）

與武漢方言同屬西南官話的荊門方言也用動詞「沒得」作否定標記。趙和平（1999：34～38）指出：「荊門方言的『沒得』的語法意義與普通話的動詞『沒有』的語法意義基本相當。」「荊門話的『沒得』不作否定副詞，也不用『沒有』作否定副詞，而用『沒』。」「『沒得』讀為［mei^{44} te^{24}］。」趙文對「沒得」的語義和功能進行了詳細的描寫，指出「荊門話的『沒得』與普通話作動詞的『沒有』的語法意義基本相當。」可見它在與唐河方言中動詞「沒得」的語義和功能也是相合的，而且語音上也較武漢方言有更顯著的相似性，「不同的是在賓語後都帶有一個語氣詞『得』,『得』讀輕聲［te］。」

《漢語方言大詞典》(許寶華、宮田一郎主編 1999：2907)詞條「沒得」第一項解釋為:「〈動〉沒有。」列舉了不少方言和相關例句，包括中原官話（河南信陽［ᶜmei ꜀tai］、潢川，陝西渭南［muo^{21} t^{h}ei^{24}］等)、江淮官話（江蘇南京［məʔ$^{5\text{-}4}$ təʔ^{5}］、揚州［məʔ$^{4\text{-}53}$ təʔ^{4}］等)、西南官話（四川成都［mo^{21} tə^{55}］、奉節［mei^{21} tɤ^{214}］，貴州貴陽［mei^{55} te^{31}］、大方［me^{42} tei^{21}］，雲南建水［mi^{44} tei^{53}］等)、吳語（上海南匯周浦，江蘇靖江、金壇西崗等)、湘語（湖南)、贛語（江西宜春、臨川等)、粵語（廣西）等。諸例中除中原官話中第二個例子「今兒胖姐又提到黑牛，心裏捉摸不定，她還～回話，胖姐已走得沒影蹤了啦！」和贛語的例子「過了驚蟄節，農村～歇。」需要商榷外，其他則都體現了「沒得」作為主要動詞的功能，表示對領有、具有或者存在的否定。儘管詞典中沒有足夠的例子充分體現「沒得」的各種功能，卻展現出它在現代漢語方言中分布的廣泛性。

從上文可以看出，否定動詞「沒得」在唐河方言和江淮官話、西南官話等方言中在語義、功能相一致，在語音上相接近，而且唐河在地裏位置上南與西南官話區的湖北襄樊接壤，而又東距江淮官話區不遠，再加上歷史上人口流動、社會經濟文化互動等，種種因素都支持唐河方言和各方言中的「沒得」是同出一源的。

2.3.2 現當代文學作品中的「沒得」

否定動詞「沒得」未曾錄入《現代漢語詞典》，而且普通話口語也只用「沒有」，可能編者認為「沒得」是被規範的對象。但是它在現當代文學作品中卻不乏用例（語料庫中不少於 130 例，有的寫作「沒的」)。例如：

(28) 他說:「岸上的活路沒得這麼『淘神』，一天三頓要做那麼人吃的，空下來還頂一根橫橈，清早黑了又要看艙，是不是？船漏了是你的責任嘛。」(葉聖陶《橈夫子》)

(29)「沒得郵花怎麼發？……是的，就是一分，也沒有！——你不看早上洋火、夜裏的油是怎麼來的！」(沈從文《一封未曾付郵的信》)

(30)「哪有只賺不賠的生意？有時候賠得精光，褲兒都要脫下來賣了。話又說轉來，賺是多數，要不哪個吃飽了沒得事幹肯出來遭罪？你說呢？」(張勤《旅途匆匆》)

（31）我們與一個攤位裏的婦女談生意，話題轉入查封藥市的事，正說著，來了一個小夥子，他說：「怕啥子麼？我櫃檯裏沒的貨，生意照樣做。他們（指管理人員）睜隻眼閉隻眼，上邊不來人他們不管。」（1996年人民日報）

不可否認，文學作品中的用例也有可能是受到了方言的影響，但從2.3.1的分析中我們可以看出「沒得／沒的」）是多種漢語方言中共同存在的現象，它們語音相近，功能相同，應當有共同的來源。

2.3.3 「沒得」的來源

上文從共時方言對比和音韻對應的角度推論得出認為不同方言中的「沒得」雖然語音各異，實則同出一源，對歷史文獻語料的考察和分析使我們更加堅定這一結論。不同方言「沒得」既然是同源的，那麼其源頭在哪兒呢？

否定動詞「沒得」是由「沒」和「得」兩個語素構成的合成詞。在漢語史的長河中，「沒」和「得」是如何結合構成合成詞「沒得」的？

蔣紹愚（1980、2008）經考證得出唐詩中「得」作動詞有「有」的意思和用法。如：

陳留風俗衰，人物世不數。塞上～阮生，迥繼先父祖。（杜甫：《貽阮隱居》）

漢酺聞奏鈞天樂，願～風吹到夜郎。（李白：《流夜郎》）

處處山川同瘴病，自言能～幾人歸。（宋之問：《至端陽釋》）

人閒易～芳時恨，地勝難招自古魂。（韓偓：《春盡》）

蔣文根據史料推測「南宋人已經不知道『得』字的這種用法了。」

趙和平（1999：34～38）據此認為：「『得』作『有』解。那麼，我們可以套解，『沒得』即『沒有』。『沒得』是古漢語的遺跡，『沒有』是『沒得』的又一分化現象。」趙文點到為止，沒有對「沒得」的發展線索做進一步的考察和解釋。

孔子有一句名言：「三人行，必有我師焉」，這是目前通行本中的說法。司馬遷《史記．孔子世家》作「三人行，必得我師」；現存最早的完整的《論語》即魏何晏集解、梁皇侃義疏的《論語集解義疏》，唐陸德明音義、宋邢昺疏的《論語注疏》都作「必得」；唐陸德明《經典釋文》作「我三人行，必得我師焉」，附注：「一本無『我』字」，「本或作『必有』」；鄭玄注敦煌殘卷本《論語》「必得」作「必有」。可見，「得」字至遲在西漢已有「有」義。〔註17〕

我們在上文 2.2 中引用蔣冀騁、吳福祥（1997）和香阪順一（1997）指出「沒有」來自古漢語『無有』形式的類化，「無有」中的「無」』為「沒」替代而產生出現了「沒有」。那麼，「沒得」也有可能是因漢語系統性調整而受到「無得」的類化出現的，歷史文獻中也不乏「無得」的用例。例如：

（32）謀無不當，舉必有功，非加賢也。使百里奚雖賢，無得繆公，必無此名矣。今焉知世之無百里奚哉？故人主之欲求士者，不可不務博也。（呂不韋《呂氏春秋》）

（33）常恥作文士，文患其事盡於形，情急於藻，義牽其旨，韻移其意，時雖有能者，大較多不免此累。政可類工巧圖繢，竟無得也。（沈約《宋書》）

（34）山僧一相訪，吏案正盈前。出處似殊致，喧靜兩皆禪。暮春華池宴，清夜高齋眠。此道本無得，寧復有忘筌。（韋應物《贈琮公》）

以上諸例中，「無得」中的「得」或有「得到、獲得」義，在人的意念裏，「得到、獲得」就是擁有，而且漢語史上「得」也一度引申出「有」的意思，在漢語系統的調整中和人的主觀心理作用下，「沒得」就有可能替代「無得」行使其功能。我們搜索得到的最早用例出現在唐詩中。例如：

（35）靜裏寒香觸思初，開緘忽見二瓊琚。一吟麗可風流極，沒得弘文李校書。（李群玉《酬魏三十七》）

（36）月帳星房次第開，兩情惟恐曙光催。時人不用穿針待，沒得心情送巧來。（羅隱《七夕》）

我們推測這是從「無得」到「沒得」轉換時的用例，也就是說，隨著漢語否定詞系統的發展，「沒」逐漸替代了「無」，並被「無得」這樣的組合類化而產生了「沒得」。這種格式可以表示為：沒得＋NP，其中「沒得」之間的關係還比較鬆散，可以理解為一個偏正短語（沒有得到），也可以理解為一個動詞（沒有），處於語法化鏈條上的中間狀態。

〔註17〕參考：吳鴻春的博客，「必有我師焉」意思是「一定有我的老師」嗎？（上）[EB／OL]. http://blog.sina.com.cn/s/blog_4dd176da010085an.html .2008-01-28

石毓智、李訥（2000：50）指出：「『沒』由一個動詞變成動詞『有』的單純否定標記，這為『沒』向否定動詞性成分的擴展提供了可能。」根據我們對「沒得」來自「無得」類化的分析，似乎在「『沒』由一個動詞變成動詞『有』的單純否定標記」之前，在「沒得」中「沒」已是動詞「得」的單純否定標記。這也許透露出「沒」由動詞向副詞虛化的一個較早的跡象，但此時的「沒」還是一個典型的否定動詞。

「沒得」至遲在元代已凝固成一個動詞，表示對「領有」的否定，並在詞形上分化出「沒的」〔註18〕。例如：

(37)【俫云】這早晚還沒得早飯吃，兀的不餓殺我也？【末云】渾家孩兒害饑哩，甑中還有米也沒有？（費唐臣《貶黄州》）

(38) 想著我去家來望發跡，定道是上青雲可指日。又誰知遇天行染了這場兒病疾，險些兒連性命也不得回歸。我蘇秦也年紀呵近三十歲，文學呵又不是沒得，可怎生不能圖個榮貴？卻教我滿頭家風雪淒淒。（無名氏《凍蘇秦衣錦還鄉》）

(39) 我孩兒幼習經史，學成滿腹文章。我可為甚麼不著他應舉去？只因我家祖代不曾做官，恐沒的這福分，不如只守著農莊世業，倒也無榮無辱。（武漢臣《包待制智賺生金閣》）

(40)（魯智恩云）老王，我那山寨上有的是羊酒，我教小僂羅趕二三十個肥羊，抬四五十擔好酒送你。（王林云）多謝太僕！只是老漢沒的謝媒紅送你，惶恐殺人也。（康進之《梁山泊李逵負荊》）

上述例子中，「沒得／的」已經完全凝固為一個動詞，不能再分析為短語，其格式可表示為：沒得／的＋NP。至於「沒的」，我們認為是由於「沒得」在當時口語中使用頻率很高，導致「得」的語音弱化，從而與「的」的音混同，書寫時比較隨意，在書面上就留下了兩種歧異的形式。這也是「沒得」由一個短語凝固為一個詞的一個證明。

石毓智、李訥（2000：49）指出：「『沒』從約八世紀起開始引申作否定『領有』的動詞，一直到約十四世紀的五、六百年的時間裏都是單獨用，『沒有』是

〔註18〕《廣韻》中「得」為曾攝開口一等入聲德韻端母，「的」為梗攝開口四等入聲錫韻端母，二者同屬端母，曾攝梗攝也有混同的可能；《中原音韻》中「得」「的」同屬齊微韻。

後起的用法。」「明中葉（約十五世紀）以後，『沒』開始逐漸用於謂語中心動詞的否定。」這樣看來，「沒得」不是由否定副詞「沒」和動詞「得」組合凝固而來。這種時間上的錯位也是我們認為「沒得」是由「無得」類化而來的一個依據。

漢語史上動詞「沒得」主要用作對領有、具有的否定，在句中作主要動詞或出現在連動式第一動詞的位置（舉例如上）；還可以表示不及，用於比較，例如：

（41）兩人憂疑驚恐，巴得到痘花回好，就是黑夜裏得了明珠，也沒得這般歡喜。（凌濛初《初刻拍案驚奇》）

（42）只要把那絲帶解去，上身的衣服就此卸下來了。倘要解那羅言，可沒得這樣容易了。（許嘯天《明代宮闈史》）

同中原官話、西南官話和江淮官話等方言中動詞「沒得／的」相比，漢語史上「沒得／的」的功能還比較單純，而且在現代漢語的語料中，「沒得／的」也僅限於用作對領有、具有的否定，在句中作主要動詞或出現在連動式第一動詞的位置。可見，「沒得／的」在上述方言中不僅得到了繼承，而且功能到了擴展。

3. 動詞「沒得」的虛化

動詞「沒得」產生之後，在一定的條件下有了新的發展，進一步虛化為副詞，我們根據共同語和唐河方言的語料得出的結論是：「沒得」在普通話中衍生出指代性否定副詞的功能，在唐河方言中衍生出未然體副詞的功能。下面就這兩個方言進行論證。

3.1　共同語中「沒得」由動詞向指代性否定副詞的演變

現代漢語文獻中有不少如下句子：

（43）後來我回故鄉去，才知道一些較為詳細的事。愛農先是什麼事也沒得做，因為大家討厭他。他很困難，但還喝酒，是朋友請他的。（魯迅《朝花夕拾》）

（44）鴻漸像落水的人，捉到繩子的一頭，全力掛住，道：「哦！原來她來了！怪不得！人家把我的飯吃掉了，我自己倒沒得吃。……」（錢鍾書《圍城》）

（45）病到七天頭上，林姑娘已經兩天沒有吃什麼。當沒的當，賣沒的賣，借沒地方去借。（老舍《也是三角》）

（46）我以為我有那麼多手錶，最後呢，這一個星期我竟然沒的戴了。（王蒙《短篇小說謎》）

類似的用法在元代白話文獻已經出現，例如：

（47）【頌】急急修，急急修，和尚好吃爛豬頭。西天活佛沒得與我做，再來陰涼樹下舔鼻頭。無量佛阿彌陀佛。（劉唐卿《白兔記》）

（48）（王二云）母親，我有一本《孟子》，賣了替父親做些經懺。（王三哭云）我也沒的吩咐你，你把你的頭來，我抱一抱。（關漢卿《包待制三勘蝴蝶夢》）

（49）（陳德甫云）員外，你問他買甚麼東西哩，一貫一貫添。（賈仁云）我則是兩貫，再也沒的添了。（鄭廷玉《看錢奴買冤家債主》）

（50）他們吃酒吃肉，我們粥也沒得吃。（羅貫中《水滸傳》）

這種用法可表示為「沒得／的＋VP」，這一格式和「沒得／的＋NP」大量出現在元代，未見於之前的文獻。我們推測，初期的「沒得／的＋VP」是「沒得／的＋NP＋VP」這一連動格式變體，二者的不同在於前者沒有NP。可能的原因是：a. 上文出現NP，下文（即「沒得／的＋VP」中）隱現，是對NP的零形回指；b. NP在語境中具有高可及性，人們很容易預知它的所指，所以它不必出現；c. NP由於語用因素而被提前，形成「NP＋沒得／的＋VP」結構。這樣，在「沒得／的」處於連動式第一動詞位置和賓語缺位這樣的句法因素的促動下，「沒得／的」最終語法化為一個指代性否定副詞。這一演變路徑可以表示為：

①無得＋NP

↓類化

②沒得＋NP（「沒得」為短語）

↓結構凝固詞化

③沒得＋NP（「沒得」為動詞，與「有」互為反義詞）

↓a、b、c

④沒得＋VP（「沒得」為指代性否定副詞，並派生出反義的「有得」）

其中，①從先秦到民國皆有用例，現當代文獻中則無可考；②出現在中晚唐的詩歌中；③、④皆出現在元曲中，我們認為二者起初功能是相同的，「沒得／的」都是動詞，與動詞「有」相對；④是③的語用變體，如上 a、b、c 的分析，發展到後來，二者的功能有了分工，「沒得／的」在格式③中只作動詞，在格式④中只作副詞（有指代作用，但只作狀語，因此稱為「指代性否定副詞」），這種分工在元代就已發生。②、③、④雖然產生的時代不同，但新的功能和格式產生之後，舊的依然沒有消失，而是同新的共存在漢語的系統中，普通話中也是這樣。在文獻中，③、④中「沒得」有的寫作「沒的」，即使是在相同的文本中；②中的「沒得」只有此一種形式。

關於格式④，有兩點需要指出。首先，在元代的文獻中，我們發現還有「無的」（明代文獻也有幾例「無得」）可以進入這一格式，體現著與「沒得」相同的功能，這種現象一直延續到現代漢語中。例如：

（51）誰想此人不肯做那經商客旅買賣，每日則是讀書；房舍也無的住，說道則在那城外山神廟裏宿歇。（關漢卿《山神廟裴度還帶》）

（52）肅曰：「吾觀劉琦過於酒色，病入膏肓，現今面色羸瘦，氣喘嘔血，不過半年，其人必死。那時往取荊州，劉備須無得推故。」（羅貫中《三國演義》）

（53）此時假如妹子說了，姐姐始終執意不從，日後姐姐無的後悔的，妹子也無的抱愧的。（文康《兒女英雄傳》）

（54）辛楣想不到他會這樣無的抵抗，反有一拳打個空的驚慌。（錢鍾書《圍城》）

「無的／得」從一開始使用頻率就遠沒有「沒得／的」高，而且呈現愈來愈少的趨勢，現代漢語中語料中僅見三例。我們推測這是一種特殊的擬古現象，新的成分和功能產生以後，由於文人的崇古心理等原因，而語言規則演變的大勢又無法左右，結果將古有的成分套入了新生的格式。

其次，格式④中，「沒得／的」在使用中又類推出了相對的成分「有得／的」。例如：

（55）意欲即今三股分開，撇脫了這條爛死蛇，由他們有得吃，沒得吃，可不與你我沒干涉了？（馮夢龍《醒世恒言》）

（56）進壽道：「侄女既賢淑，侄婿又是孝子，天意必不久困此人，我正為此事已湊銀二十兩，又將田典銀十兩，共三十兩與侄女去，他後來有得還我亦可，沒得還我便當相贈他孝子。人生有銀不在此處用，枉作守虜何為？」（安遇時等《包公案》）

（57）正在無話回答，陳統領笑說：「今晚有得進來，卻沒得出去，你非在這裡同我困覺不可。」（李伯通《西太后豔史演義》）

（58）「聽說過沒見過兩萬五千里／有的說沒的做怎麼不容易／埋著頭向前走尋找我自己／走過來走過去沒有根據地……」（崔健《新長征路上的搖滾》）

（59）大李：那還有的說呀，沒的說。不過你將來發了，可千萬別把哥們給忘了。（曹桂林《北京人在紐約》）

這種對舉的形式，在民國之前的文獻中發現了八例，都用「沒得」，現當代文獻中發現兩例，都用「沒的」，但顯然這並不能反映現代口語裏的使用頻率。語料分析說明對舉遠少於「沒得／的」單用的頻率，而且這種功能的「有得／的」只和「沒得／的」對舉出現。

上文我們從漢語史的角度由「①無得 $_{vp}$＋NP→②沒得 $_{vp}$＋NP→③沒得 $_{v}$＋NP→④沒得 $_{adv}$＋VP」這些格式探討了「沒得」的發展路徑，認為它們在這些格式中的不同功能處在一條演化鏈上，形成了不同的歷史層次，並且新的要素產生之後，舊的要素並未消失，而是新舊要素並存在漢語系統中。這些同源的成分隨著漢語的分化和整合，在不同的方言中也有些不同的表現。比如③，中原官話、西南官話和江淮官話等方言選擇繼承了否定動詞「沒得」；普通話作為共同語，則吸收了稍後起的競爭力更強的「沒有」作為否定動詞。對於④，指代性否定副詞「沒得／的」在普通話中有廣泛的應用；在唐河方言中，由於動詞「沒得」發生了連讀音變（變讀為［mu^{24-33} nai^{42}］），從而阻礙了它向指代性否定副詞發展，所以沒有「沒得吃、沒得穿」等說法，如果要表達相同的意思，就要在後面加上名詞化標記「哩」，說成「沒得吃哩、沒得穿哩」等。

3.2 唐河方言「沒得」由動詞向未然義否定副詞的演變

唐河方言中還有這樣一種結構「沒得閒［mu^{24-33} tai^{24-33} ɕiɛn^{42}］＋VP／著」，表示「將要 VP 而還未 VP」的意思，同時存在著它的省略形式「沒得［mu^{24-33}

tai[24]〕＋VP／著」，「沒得著」一般用在問話「VP 了沒有？」的答語中。「沒得閒」可在問話答語中單說單用，意義較「沒得」實在，但功能不如「沒得」靈活，可替換（60）（63）（64）中的「沒得」〔替換後（64）中可不帶「著」〕。例如：

（60）我還沒得去哩，你可都來了。

（61）車還沒得走，你趕快去坐吧。

（62）飯還沒得做中，再忍一時兒吧。

（63）A：小剛不得勁住院了，你去看他了沒有？

B：還沒得去。我這兩天忙哩很，沒空兒啊。

（64）A：老師兒，我哩洋馬兒自行車拾掇了沒有？

B：沒得著，你前頭好幾家兒哩都還沒拾掇著哩。

（65）A：你準備好了沒有？俺們要走了。

B：沒得著哩，稍微再等一會兒，就好。

我們推測，「沒得閒 VP／著」和「沒得 VP／著」來源於上文 3.1 中③「沒得＋NP」。我們在文獻中找到的關於「沒得閒 VP」的較早用例出現在清末民初，現當代語料中也偶有用例。例如：

（66）接著就是三四起人來，安公子一一送走了。才回到自己房裏，換了換衣裳，一切沒得閒談，只見上屋裏一個小丫頭跑來說：「太太叫大爺！戴勤回來了。（文康《兒女英雄傳》）

（67）聽說你們打牌出了亂子，我一晌沒得閒，不曾到你家探問，究竟是怎麼的，鬧得警察來了，你們尚不知道？（平江不肖生《留東外史》）

（68）兩姊妹住在緊隔壁，本來可以像一家人一樣經常來往的，可是兩家都上了年紀了，家事又多，平常都沒得閒在一處坐坐。（歐陽山《三家巷》）

但這些例子中的「沒得」是動詞，「閒」用如名詞，「沒得閒」表示的是「沒有時間」的意思，其功能與出現在元代以降的「沒得工夫、沒得空兒、沒得空閒」一樣，不同於唐河方言中表「將要 VP 而還未 VP」義的「沒得閒 VP／著」和「沒得 VP／著」。「沒得閒 VP／著」和「沒得 VP／著」應當是唐河方言內部的一種創新，也就是說，唐河方言中的述賓短語「沒得閒」在連動式第一動詞的位置凝固詞化，意義變得空靈，功能得以擴展，成為一個表示未然義的否定副詞，在使用中「閒」可以省略；但「沒得」不能單說單用，是一個黏著成分，必須用在「沒得 VP／著」格式中，不能後跟「了」，即使作答語也不能單說。如果說「沒得閒」有時還可以看作一個短語，那麼「沒得」似乎已經凝固成了一個副詞，帶「著」則是其來源形式的強制性規約。

「沒得」〔註 19〕在唐河方言中的演變路徑可表示為：

①無得＋NP

↓類化

②沒得＋NP

↓結構凝固詞化

③沒得＋NP

↓NP 為「閒」

④沒得閒＋VP（將 VP 而未 VP）

↓在連動式第一動詞位置凝固詞化，省略「閒」

⑤沒得＋VP（將 VP 而未 VP，「沒得」為未然義副詞）

綜上所述，我們從唐河方言入手，從共時比較的角度得出動詞「沒得」在中原官話、西南官話、江淮官話等方言中是共有的成分，而且存在於用共同語創作的現當代文學作品中。它在各方言中的表現形式雖有不同，但不同的形式卻在各自的方言中表達同樣的功能，而且通過對歷時文獻的分析，證明它們是從古漢語發展而來的同源成分。「沒得」的發展路徑在不同的方言中有著共同的方向，但也出現了一些差異，比如在唐河方言中，從第③階段分化出未然義否定副詞「沒得」，而在近代官話和現代普通話中，動詞「沒得」進一步虛化，產生了指代性否定副詞「沒得」，這種用法不見於唐河方言。

〔註 19〕在唐河方言中，「沒得」作副詞讀［mu^{24-33} tai^{24}］，作動詞讀［mu^{24-33} nai^{42} / tai^{42}］。

第五章　疑問和否定

一般來說，漢語的句子根據其表達功能和語氣類型的不同可以分為陳述句、疑問句、祈使句和感歎句四個句類，這是學術界看法較為一致的句類範疇。句子也可以從其所表達的邏輯語義的角度分為疑問、否定和肯定三個類型，其中肯定和否定既有對稱的一面，也有不對稱的一面（詳見沈家煊 1999、石毓智 2001）。唐河方言跟普通話在這三個方面不盡相同，由於肯定和否定的對稱與不對稱涉及的問題比較複雜，本文暫時不予討論，而是就唐河方言中的疑問和否定兩個範疇作一個較為全面的考察，跟普通話接近的現象，只作一般性的描寫分析，側重揭示其中較為突出的特點。

第一節　疑問範疇

普通話的疑問範疇（這裡的「疑問」指的是詢問，跟反問相對）包括是非問句、特指問句、選擇問句和反覆問句四種基本類型，唐河方言的疑問範疇也包括這四類，但具體表現有些不同。此外還有兩類特殊的疑問形式，即回聲問和反問，回聲問跟四種基本類型有交叉，在功能也比較接近，都是用來表示疑問的；反問在形式上也是借用四種基本類型的形式，但表達的是確定的意義，其基本功能是用來表示否定，因此，我們將其放在第二節否定範疇部分進行考察。由於唐河方言中是非問句、特指問句、選擇問句有的系統比較簡單，有的跟普通話較為接近，相關的內容較少，因此將它們合為一個部分討論。

1. 是非問句、特指問句、選擇問句

1.1 是非問句

是非問又稱為極性問或兩極問，要求在肯定和否定之間作出回答。普通話中最典型的是非問句是「嗎」字句，但唐河方言沒有「嗎」字是非問句，普通話和其他方言中用「嗎」類語氣助詞的是非問句所表達的意義在唐河方言中要用反覆問句（用格式表示就是：VP＋neg＋VP、VP＋neg）來表達。例如：

普 通 話	唐 河 方 言
你去嗎？	你去不去？/ 你去不？
你吃過了嗎？	你吃過了沒有？/ 你吃過沒？
你會唱歌嗎？	你會唱歌兒不會？/ 你會不會唱歌兒？
你有多餘的衣服嗎？	你有多餘哩衣裳沒得 / 沒有 / 沒？
你有地方去嗎？	你有地宅兒去沒得 / 沒有 / 沒？
你是老師嗎？	你是老師不是？/ 你是不是老師？/ 你是老師不？

有人認為以「沒有、沒得、沒、不」等結尾的一類疑問句已經演化為跟普通話「嗎」字句相同的是非問句了，也就是說這種條件下的「沒有、沒得、沒、不」等已經虛化為疑問語氣助詞了，對此我們持否定意見，詳見下文反覆問句部分。

唐河方言跟普通話一樣，是非問句可以用語氣助詞「吧」來提問，用在疑問句末，附加有揣測的語氣。例如：

（1）他是王老師吧？

（2）這事兒是你幹哩吧？

（3）這崩兒幾點了？大約摸兒都十二點了吧？

前文提到唐河方言中還有一種以「是」字結尾的是非問句，附加有追加確認的意味，詳見第四章第三節 2.2。

唐河方言中存在不用疑問語氣助詞而用疑問語調表示的是非問句，但這是一種特殊的是非問句，屬於回聲問句的一種，稱作是非回聲問句（見劉丹青 2008：22），詳見下文回聲問句部分。

1.2 特指問句

特指問句即用疑問代詞來提問的疑問句。唐河方言中的疑問代詞主要有：誰、啥 / 啥子、咋 / 咋著、哪兒 / 哪兒下兒、抓哩 / 抓個（「抓」是「做啥」的

合音形式，見第二章第二節合音部分）等，句末可以有語氣助詞「哩、啊」等。例如：

（4）誰看見我哩布衫兒了？

（5）啥號兒藥吃吃見效快？

（6）你吃哩啥子哩？

（7）這個字兒咋念？

（8）咋著才能給門開開？

（9）你叫鑰匙擱哪兒了？

（10）哪兒下兒跑來鎮些羊？

（11）這事兒你抓哩要跟我說啊？

（12）你找我抓個？

普通話中也有可以不用疑問代詞而用語氣助詞「呢」構成的「NP＋呢」式特指問句，與此相應，唐河方言有用語氣助詞「哩」構成的「NP＋哩」式特指問句，詳見第四章第四節語氣助詞部分。

1.3　選擇問句

在選擇問句上唐河方言跟普通話基本一樣。選擇問句是複句形式，由說話人提供兩項或兩項以上的選擇項發問，讓對方選擇。用「還是、是」等連接分句，句中可用語氣助詞「啊、哩」等。例如：

（13）明兒裏你去還是我去？／明兒裏是你去啊是我去？

（14）你是先吃飯哩還是先給作業做完？

（15）你吃乾飯還是吃煎餅？／你吃乾飯是吃煎餅？

（16）是多啊還是少？／是多啊是少？／是多是少？

（17）這事兒誰幹哩？是你還是他？／是你是他？

2. 反覆問句

反覆問句，也有人稱為正反問句、中性問句（余藹芹：1992、施其生：2000）或正反選擇問句（蔣紹愚、曹廣順主編 2005：447），指的是由謂語的肯定形式和否定形式並列構成的疑問句。太田辰夫（2003：368）指出反覆疑問是「把肯定否定並列著問。形式上和選擇問相似，內容上和是非問無異。」朱德熙

（1999：66）則認為「反覆問也是一種選擇問句。區別在於一般的選擇問要對方在 X 與 Y 裏選擇一項作為回答，反覆問句是讓人在 X 和非 X 裏選擇一項作為回答。」由於中性問句有名同實異的用法〔註 1〕；正反選擇問句是將其看作選擇問句的一個小類，但反覆問句是單句形式，選擇問句是複句形式，還是分開各自獨立為好；因此我們不建議採用中性問句和正反選擇問句這兩個名稱。

上文 1.1 提到，唐河方言中由於沒有普通話和其他方言中的「嗎」字類是非問句，相應的語義表達多是通過反覆問句來實現的，用格式表示就是：VP-neg-VP、VP-neg，其中 neg 指否定詞，包括「不、沒、沒有、沒得」等。「不」和「沒」（包括「沒有、沒得」）是兩類不同性質的否定詞，石毓智（2001：309、310）指出：「『沒』否定具有離散量語義特徵的詞語。『不』否定具有連續量語義特徵的詞語。」「名詞只有離散性質，所以只能用『沒』否定；形容詞的主要語義特徵是連續的，所以在其否定上，『不』最為自由。動詞具有雙重的數量特徵，所以它們可以自由地被兩個否定詞否定。具體地說，用『沒』否定時，是把動作、行為作為離散的東西看；用『不』否定時，則是把動作、行為看作是連續性的。表現為，否定動詞時，在具體的上下文中，『沒』和『不』往往不能自由地替換，即使可以替換，也必然伴隨著語義的改變。」王燦龍（2011：307）將「不」和「沒（有）」在語義特徵上的異同歸納為下表〔註 2〕：

表 5-1　「不」和「沒（有）」在語義特徵上的異同

語義特徵 等否定詞	Ⅰ 否定		Ⅱ 完成體	Ⅲ 時域			Ⅳ「有意」
	判斷	存在		過去	現在	將來	
不	＋	－	－	＋	＋	＋	（＋）
沒	－	＋	＋	＋	＋	－	－

表中反映的是：「不」否定「判斷」，「沒」否定「存在」；「不」跟時、體範疇沒有關係，充其量只能算是一個泛時意義的否定算子；「不」在否定的邏輯意義之外，還附帶表達一種語用意義，即「有意」義。

瞭解了「不」和「沒」的性質的異同，下面分別從各自構成的反覆問句的

〔註 1〕如劉丹青（2008：11）用來指稱與是非問句中的引導性問句相對的一種問句。

〔註 2〕該文的主旨是「在某些句子中，用『不』或用『沒（有）』，整個句子的表義基本相同。」（王燦龍 2011：301）

格式的角度對唐河方言中的相關現象進行分析。

2.1 「不」[・pu] 構成的反覆問句

「不」構成的反覆問句格式主要用來對判斷、意願、事實或性質等進行提問。主要構成兩種格式，即:「VP－不－VP」和「VP－不」，VP 是謂詞性詞語，包括動詞性詞語和形容詞等。

2.1.1 VP－不－VP

「VP－不－VP」根據 VP 的不同又可以分為以下幾個小類：

2.1.1.1 V－不－V

（18）去不去？

（19）答應不答應？

（20）熱不熱？

（21）得勁不得勁？

這種格式中謂詞沒有附加成分，即為光杆形式，雙音節謂詞不存在類似於普通話中「答不答應、好不好看」這類格式。

2.1.1.2 VP－不－V＝V－不－VP

這一對格式中前後式一般情況下是等價的，用於提問，但後式有時增加一種因不滿而催促的意思，表示類似於「到底」的意義，附加質疑的語氣（下文各對格式中的後式也作此種理解)。根據後加成分（賓語或補語）的不同又可以分為兩類：

1）VO－不－V＝V－不－VO

（22）吃飯不吃／吃不吃飯？

（23）洗澡不洗／洗不洗澡？

（24）他是你弟弟不是／他是不是你弟弟？

（25）給他錢不給／給不給他錢？

（26）你會做飯不會／你會不會做飯？

（27）你能來不能／你能不能來？

（28）你想去不想／你想不想去？

（29）你喜歡看電視不喜歡／你喜歡不喜歡看電視？

（30）他是王局長不是／他是不是王局長？

（31）你認得小剛不認得／你認得不認得小剛？

（32）你著得這個題咋做不著得／你著得不著得這個題咋做？

例（25）是雙賓語格式。例（26）和（27）我們採用朱德熙（1982：61）的觀點，將助動詞及其後面的動詞的組合看作述賓結構，納入這一格式，從形式上看它們跟一般的述賓結構是有平行性的。需要說明的是，例中（31）和（32）中「得」尾動詞除了「認得」外，其他如「著得、曉得、懂得」在這種格式末尾「得」是可以省去的。

2）VC－不－V（C）＝V－不－VC

（33）回來不回／回不回來？

（34）拿進來不拿／拿不拿進來？

（35）你上／往福州去不去？

後一例不在該格式的框架之內，因為普通話中相應的意思表達要用該格式，即：「你去福州不去／你去不去福州？」，這種格式表達的意義在唐河方言中要用表達式「上／往 NL 去不去」來表示。

2.1.1.3　V_1－V_2P－不－V_1＝V_1－不－V_1－V_2P

（36）你去洗澡不去／你去不去洗澡？

（37）你起來吃飯不起（來）／你起來不起來吃飯？

（38）叫他下來不叫／叫不叫他下來？

這一類是連動式，其中例（38）是兼語式。

2.1.1.4　PO－VP－不－VP＝P－不－PO－VP

（39）跟他說不說／跟不跟他說？

（40）給門關上不關／給不給門關上？

（41）給他開點藥不開／給不給他開點兒藥？

這類格式中包含前置的介賓結構，後式中用到了介詞的肯定形式和否定形式的並列來構成反覆問句，看似比較特殊，其實也很容易理解，因為介詞大多來源於動詞，動詞自然可以通過肯定否定的並列構成反覆問。朱德熙（1982：160）就將這類格式看作連謂結構的一種。

2.1.1.5　VC－不－V（C）＝V－不－VC；V哩C不C

（42）你起來不起（來）／你起不起來？

（43）車開去不開（去）／車開不開去？

（44）坑裏水抽乾不抽乾／坑裏水抽不抽乾？

（45）你哩名兒寫上不寫上／你哩名兒寫不寫上？

（46）我哩歌兒唱哩好聽不好聽？

（47）夜兒黑睡哩得勁不得勁？

（48）你肚子疼哩很不很？

這是非能性述補結構的反覆問格式，其中後兩例是帶補語標記「哩」的動結式，採用的是補語的肯定和否定並列的格式，這跟普通話是一樣的。

2.1.1.6　V哩CV不C＝能VC不能＝能不能VC

（49）這崩兒去還來哩及來不及／還能趕上不能／能不能趕上？

（50）鎮些飯你吃哩完吃不完／能吃完不能／能不能吃完？

（51）這兒坐哩下坐不下恁些人／能坐下恁些人不能／能不能坐下恁些人？

（52）這布袋兒麥你惱［nau[54]］扛哩動惱不動／能惱動不能／能不能惱動？

這類是能性述補結構的反覆問格式，在表義上跟助動詞「能」構成的能性義的述賓結構的反覆問格式是等價的。「V哩C」是不能單用的，只存在於反覆問格式中，肯定回答是「能VC」，否定回答是「V不C」或「不能VC」，以前者為常用。

2.1.2　VP－不

「VP－不」就是把2.1.1中的每個格式中（2.1.1.6除外）的第一式中否定部分的謂詞去掉之後的形式，參見上述各例，這裡不再舉例。「VP－不」式反覆問句比較少用，可能是受普通話影響產生的，也有地域上的分布差異，即縣城及以北鄉村多有此說法，縣南鄉村較少。

2.2 「沒、沒、沒得」構成的反覆問句

「沒、沒有、沒得」構成的反覆問句格式主要用來對領有、比較、存在、完成、經歷、進行、持續等進行提問。主要構成兩種格式，即：「VP－沒－VP」

和「VP 了－沒有／沒得／沒」，VP 是謂詞性詞語，包括動詞性詞語和形容詞等。由於這兩個格式在表義上比較一致（VP－沒有／沒得／沒＝VP－沒－VP），下面放在一起進行分析。根據表義的不同分為以下幾種情況：

2.2.1 詢問領有

（53）你有橡皮沒得／沒有／沒？＝你有沒得／沒有橡皮？

（54）你有弟弟沒得／沒有／沒？＝你有沒得／沒有弟弟？

（55）你們那兒有山沒得／沒有／沒？＝你們那兒有沒得／沒有山？

（56）鎮早晚兒有桃沒得／沒有／沒？＝鎮早晚兒有沒得／沒有桃？

這種情況下 V 只有「有」。「沒得／沒有」是雙音節合成詞，例中也可看成「V－沒－V」式的反覆問句，跟由「沒」和其他動詞組成的反覆問格式是平行的，這反映了「沒得／沒有」詞化之前的功能的遺跡保留。後兩例所表示的「領有」義跟「存在」義相通的，可以看作廣義的領有。

2.2.2 詢問比較

（57）你有我高沒得／沒有／沒？//你有沒得／沒有我高？

（58）河裏水有恁深沒得／沒有／沒？//河裏水有沒得／沒有／恁深？

2.2.3 詢問存在

（59）你爹改家沒有／沒？//你爹改沒改家？//你爹改不改家？

（60）醫生改屋沒有／沒？//醫生改屋沒改屋？//醫生改不改屋？

（61）小剛改這兒沒有（沒）？//小剛改這兒沒改這兒？//小剛改不改這兒？

詢問存在時唐河方言跟普通話一樣也可以採用「VP 不 VP」格式。既然「不」和「沒」之間在性質上存在著很大的差異，為什麼它們可以進入同一格式表示基本相同的意義呢？原因在於某些句法結構能消解〔註3〕二者原本的對立和不同（即「不」的「有意」語用義和「沒」的時體語法意義的消解），而且「不」和「沒」的互換僅限於過去和現在兩個時域，上述表示存在的例子是符合這樣的條件的。

2.2.4 詢問完成、經歷

（62）饃熟了沒有（沒）／饃熟沒熟？

〔註 3〕有關「不」和「沒」對立的消解的論述，詳見王燦龍（2011）。

（63）你們吃晌午飯了沒有（沒）／你們吃沒吃晌午飯？

（64）你星期天回家了沒有（沒）／你星期天回沒回家？

（65）小紅回來了沒有（沒）／小紅回來沒回來？

（66）你作業寫了 v 了沒有（沒）／你作業寫沒寫了 v？

（67）你吃過飯沒有（沒）／你吃沒吃過飯？（完成體）

（68）你吃過火龍果兒沒有（沒）／你吃沒吃過火龍果兒？（經歷體）

2.2.5　詢問進行、持續

（69）你們在路上走著沒有（沒）／你們在沒在路上走著？

（70）他這崩兒在看書沒有（沒）／他這崩兒在沒在看書？

（71）電視在開著沒有（沒）／電視在沒在開著？

在上述五種語義的表達上，每個例子的前式比後式更加常見，而前式中以「VP－沒有／沒得」為常見，「VP－沒」要比後式更少用，分布上跟「VP－不」一樣，縣城及以北鄉鎮多有此說法，縣南部鄉鎮較少。詢問領有和比較以「有－沒得」為主，這與「沒得」只作動詞的功能有關（詳見第四章第五節內容）。

2.3　關於 VP-neg 格式的說明

在唐河方言中，就「不」和「沒有、沒得」與格式 VP-neg－VP、VP-neg 相容度來看，「不」在 VP-neg－VP 中最自然、地道，「沒有、沒得」在 VP-neg 中最自然、地道；單音節的「不」和「沒」進入 VP-neg 格式應該是唐河方言受普通話影響的結果，在表達和語感上還顯得有些生澀。

有人認為 VP-neg 末尾的「不、沒、沒有」等已虛化為語氣詞（沈莉娜 2007、姜曉明 2008），這種觀點值得商榷。也有人提出了比較審慎的觀點，認為句末的「沒、沒有」有從否定副詞向疑問語氣詞虛化的傾向（徐時儀 2003、李豔 2010），我們認為這種思路是可取的。至少目前來說，在唐河方言中，VP-neg 格式中的「不、沒、沒有」還不可能是疑問語氣助詞，也就是 VP-neg 不可能是「嗎」字類是非問句，理由有兩點：

1）「嗎」字類是非問句謂語可以是否定詞加謂詞的形式，唐河方言中 VP-neg 中的 VP 絕不可以有否定詞，也就是說句末的 neg 依然是否定詞，所以不允許謂詞前再出現否定詞（漢語的語義選擇原則不允許否定副詞進入 VP-neg 式反覆問句的句法語義框架。參見蔣紹愚、曹廣順主編 2005：464）。如：

普通話	唐河方言	
你沒／沒有去嗎？	你沒有／沒去？	*你沒有／沒去沒有／沒？
你不去嗎？	你不去？	*你不去不？
他不去嗎？	他不去？	*他不去不？

普通話和其他方言中的「neg-VP－嗎」這種含否定詞的「嗎」類傾向性的是非問句在唐河方言中通常是用格式 neg-VP 來表達的，句調跟在陳述句中基本一樣，判定其是否為是非問句的依據主要是語境。事實上，在實際的話語中唐河方言中的 neg-VP 式是非問並不會引起歧解，既然這裡要作抽象的分析，不得不考慮可能引起歧解的因素。按否定詞和主語的類別分析如下（無論普通話還是唐河方言，相關格式都可以用來表示反問和回聲問，下面分析不計這兩種情況）：

若否定詞是「沒／沒有」，根據主語的不同分三種情況：①主語是第二人稱代詞（包括單複數，人稱代詞下同），這時只有是非問這一種理解；②主語是第一人稱代詞，這時只有陳述這一種理解；③主語是第三人稱代詞或名詞等，可以有兩種理解：第一種是陳述一個事實，第二種是對某一事實的疑問。

若否定詞是「不」，根據主語的不同分四種情況：①主語是第一人稱代詞，有陳述和祈使（禁止，拒絕做某事即不准自己做某事）兩種理解；②主語是第二人稱代詞，有疑問和祈使（禁止）兩種理解；③主語是第三人稱代詞，有陳述、疑問和祈使（禁止）三種理解；④主語是名詞，有陳述和疑問兩種理解。

2）「VP 了沒有」中的完成體貌助詞「了」可以省去而不影響表義，即：VP 了沒有＝VP 沒有；普通話中的「VP 了嗎」中的「了」一旦省去，則意思大變，由詢問已然情形的原格式變為詢問將然情形的格式「VP 嗎」。例如：

唐河方言：

（72）你去了沒有（沒）？＝你去沒有（沒）？

（73）你們吃晌午飯了沒有（沒）？＝你們吃晌午飯沒有（沒）？

（74）你星期天回家了沒有（沒）？＝你星期天回家沒有（沒）？

普通話：

（75）你去了嗎？≠你去嗎？

（76）你們吃午飯了嗎？≠你們吃午飯嗎？

（77）你星期天回家了嗎？≠你星期天回家嗎？

可見，唐河方言中的「VP 了沒有」跟普通話中的是非問句「VP 嗎」在結構的變換上不具有平行性，「沒有」不能視為「嗎」類疑問語氣助詞。

漢語史上出現過的反覆問句格式主要三種：

（1）VP-neg（PRT），（2）VP-neg－VP，（3）F－VP（F：疑問副詞）。先秦以 VP-neg－PRT（PRT 為語氣詞）為主，至唐後消失，六朝至唐以 VP-neg 為主；VP-neg－VP 最早見於《睡虎地秦簡》和東漢六朝的佛經中，在宋元明清以後稱為主流形式；F－VP 是東漢六朝時期出現的，是近代漢語時期帶有方言特徵的重要形式（以上見蔣紹愚、曹廣順主編 2005：460～480），目前還存在於吳語、西南官話、下江官話等方言中（見朱德熙 1985）。可見，從歷時的角度看，反覆問格式 VP-neg 是先於 VP-neg－VP 產生的，但據此我們也不能確定現代漢語普通話和方言中的 VP-neg 是對古漢語的繼承還是通過 VP-neg－VP 省略後一 VP 得來，抑或是兩種情況都有；不過，這並不是此處必須要明確的問題，關鍵的問題是：由 VP-neg 演變而來的「嗎」類是非問句在唐河方言等中原官話和其他方言中空缺的原因是什麼？

現代漢語中的是非問句中的語氣助詞「嗎」來源於漢語史上 VP-neg 式反覆問句中否定詞的虛化（吳福祥 1997、楊永龍 2003、蔣紹愚、曹廣順主編 2005：275），是非問句的產生經歷了「選擇問句→反覆問句→是非問句」這樣一個漸變的連續統（蔣紹愚、曹廣順主編 2005：464）。包括唐河方言在內的中原官話等方言都有選擇問句、反覆問句，而且反覆問句中也不乏 VP-neg 格式，可是為什麼偏偏就沒有「嗎」類是非問句呢？

辛永芬曾試圖通過對浚縣方言反覆問句的分析來回答其原因。辛永芬指出普通話和其他方言中 VP-neg－VP 和 VP-neg 呈並存狀態時，「不」和「沒」都可自由進入這兩種格式，如普通話既可以說「你吃不吃」「你吃沒吃」，也可以說「你吃不」「你吃了沒」；而在浚縣方言中這兩種類型是互補分布的，意義不同要使用不同的格式，上面普通話中的四種說法浚縣方言只說「你吃不吃」「你吃了冇」（2006：284）。基於這樣的認識，辛永芬推測「浚縣方言『嗎』類是非問空缺的主要原因跟浚縣方言中反覆問系統的格局有關，或者說浚縣方言裏位於『VP-neg』中的否定詞不具備進一步虛化的條件，這種情形直接阻礙和限制了『嗎』字類疑問語氣詞的產生和出現」（2006：286）。我們認為這種觀點還需要進一步的討論和驗證，因為「嗎」類是非問句的空缺是一個局部普遍的現象，除了浚縣方言，其他方言也有這種現象，僅通過浚縣方言的分析也許可以講得通方言內部的現象，但卻會受到其他方言同類現象不同細節的挑戰。

具體來說，「嗎」類是非問句的空缺在中原官話等方言中是一個相對普遍的現象，但並不是其中所有方言點的 VP-neg－VP 和 VP-neg 兩種類型的反覆問句都像浚縣方言那樣呈互補分布狀態，唐河方言就是這樣。唐河方言中，「VP 不 VP」「VP 沒有／沒得」和「VP 沒 VP」是固有的反覆問句格式，「VP 不」和「VP 沒」是引進普通話的格式。因此，關於中原官話等方言中「嗎」類是非問句空缺的原因，辛文的觀點不失為一種有益的探索，但可能尚未觸及問題的本質；問題的解決還需要綜觀各方言中的同類現象，從普遍共性尋求突破口，並聯繫漢語史上反覆問句及相關現象的演變路徑做進一步的研究。

3. 回聲問句

「回聲問（echo question）通常是說話人沒聽清楚對方的話而就此提出的問句，結構上與前面說話人的句子有明顯聯繫，在很大程度上重複了對方的話」（劉丹青 2008：22）。由於「回聲問的特殊之處在於它不是問客觀世界的有關信息，而是就話語本身發問……」（劉丹青 2008：2），與上述問句不在同一個層面上，因此我們將其作為特殊的一類單列出來。下面我們根據劉文的分類對唐河方言中的回聲問句做一個概觀。

3.1 是非回聲問句

（78）A：你找誰？

B：我找王老師。

A：王老師（啊）？他今兒哩沒來。

（79）A：他不去我去。

B：你去？你去就你去。

（80）A：我想看會兒電視。

B：看電視？等你給作業做完了再吧。

唐河方言中沒有「嗎」字類是非問句，相關的語義表達主要採用反覆問句；也有僅靠語調提問的是非問句〔註4〕，但往往是在對話中作為回聲問存在的，就

〔註4〕與其說是靠語調提問，不如說是語境提供疑問信息，因為在這種問句中句末的字調

是這裡的是非回聲問句；句末一般可加表示提頓的語氣助詞「啊」，此時一般用降調。

劉丹青（2008：23）指出「是非回聲問時針對陳述句的整體而提出的問題」，就唐河方言的用法而言，也未必如此，也可以是提問者對未聽清或自己關心的要素提問，如例（78）和（79）。

3.2　特指回聲問句

（81）A：你找誰？

B：我找王老師。

A：（你找）誰（啊）？

B：王老師。

（82）A：我明兒哩要上北京。

B：上哪兒？

A：北京啊。

特指回聲問句主要是提問者對未聽清的要素提問，句末可加提頓語氣助詞「啊」，此時一般用降調。

3.3　針對是非問句的回聲問句

（83）A：你找王老師？

B：我找王老師？我才不找他哩！每回見他都挨批。

（84）A：哎，下雨了？外頭咋劈劈啪啪哩？

B：下雨了？不羌吧，我剛從外頭進來，月亮頭。

這種回聲問句前後兩句都是是非問句，提問時涉及人稱的話人稱要做調整，如例（83）。這跟 3.1 的是非回聲問句不同，3.1 是針對陳述句的提問。

3.4　針對特指問句的回聲問句

（85）A：你找誰？

B：我找誰？找你們！

（86）A：他往哪兒去了？

往往影響句調，而唐河方言四聲只有陰平是升調，其他三聲都是降調，因此語調跟陳述句幾無差異。

B：他往哪兒去了？我咋會知道哩，他也沒跟我說。

這種回聲問句是對特指問句整體發問。

綜觀上述四類回聲問句，除了特指回聲問句之外，其他三類本質上都是是非問句，確切地說，是期待回答「是」的引導性是非問句。綜合上面對唐河方言是非問句的描寫，可以得出唐河方言中不存在中性是非問句〔註 5〕，即不預先期待肯定或否定回答的是非問句（包括「嗎」字類是非問句），這種語義的表達還是要通過反覆問句來實現。

第二節　否定範疇

否定既是哲學、邏輯學等學科領域所關注的內容，也是語言學研究的對象。語言哲學的奠基人維特根斯坦探討語言問題時所持的一項根本原則即為語言的否定性原則，指的是凡語言必須有否定語句的存在，否則就不稱為語言；維氏從語言系統內部、從肯定命題和否定命題的對立關係、從否定命題對於肯定命題的重要意義等方面來闡明語言的特點，因此有人認為維氏的語言觀是索緒爾語言思想（即從能指與所指、同一與現實、共時與歷時、語言與實在等對立關係上闡述語言的特點）的繼承和發展、補充和完善（見徐為民 2002：23～30）。

從邏輯思辨的角度來看，「肯定」和「否定」的內涵可以理解為「肯定」是對「否定」的否定，而「否定」是對「肯定」的否定，肯定和否定之間是一種語義上的相互「顛覆」關係，或者說是「二元對立」的轉換關係，這便是否定的本質（見曾毅平、杜寶蓮 2004：67）。從語言學的角度來看，否定是人類語言中普遍存在的一種跟肯定相對的重要的語義範疇和語用功能（但肯定和否定之間不是嚴格對稱的，即不是所有的肯定形式都有相應的否定形式，反之亦然。關於這方面的論述詳見沈家煊 1999、石毓智 2001），具體地說，語言學上的否定意義是通過一定的語言手段或非語言的手段（語言的輔助手段）來表達；語言的手段包括含否定詞（一般是指普通話中的「不、沒、沒有、別、甭」及方言中的相應副詞或動詞）的語句和不含否定詞的相關語句，非語言的手段包括體態語、表情和沉默等。關於漢語表達否定意義的句子的名目，目前還沒有一個明確的規範，有人從形式上看，將含有否定詞的句子稱作否定句（金兆梓

〔註 5〕關於是非問句中的「中性問句」，可參考劉丹青（2008：11）。

1955、呂叔湘 1982、張志公 1982）；有人從邏輯語義的角度看，將對事物作出否定判斷的句子稱為否定句（黃伯榮、廖序東 2002）；有人從形式和語義兩個方面看，將表示否定且含有否定詞的句子稱為否定句（王力 1999）。也有人使用「否定式」這樣的概念，但沒有給出相關的定義（劉丹青 2008 等）。

鑒於「否定句」（或否定式）在定義上的爭議性和模糊性，本文不打算使用這樣的名目，而是根據有無否定詞將相關句型分為兩類，即：使用否定詞表達否定意義的句子和不使用否定詞表達否定意義的句子〔註 6〕。由於在第四章第一節和第五節已經對否定詞做過詳細的描寫分析，此處不再贅述。本節重點考察唐河方言中不使用否定詞表達否定意義的語言形式，涵蓋了語音、形態、詞彙、句法和語用等各個層面的因素，主要有以下幾個類型：

1. 反　問

關於反問表示否定，前賢早已有相關的描述。呂叔湘（1982：290）指出：「反詰實在是一種否定的方式，反詰句裏沒有否定詞，這句話的用意應在否定；反詰句裏有否定詞，這句話的用意應在肯定。」王力（1985：129）指出：「反詰語可以當作否定語用，這是很自然的道理，不過反詰語的語意更重罷了。」黃伯榮、廖序東（2002：282）指出：「反問也是無疑而問，明知故問，又叫『激問』。但它只問不答，把要表達的確定意思包含在句裏。否定句用反問語氣說出來，就表達肯定的內容，肯定句用反問語氣說出來，就表達否定的內容。」根據前賢們的反問句的相關論述，我們可以歸納出：反問可以分為含有否定詞和不含否定詞兩類，含有否定詞的反問表達肯定的意思，不含否定詞的反問，表達否定的意思；而且我們認為：不管反問句含不含否定詞，本質上它都是對一個命題的否定，含否定詞時是對一個否定命題的否定（作用類似於雙重否定，否定之否定即為肯定），不含否定詞則是對一個肯定命題的否定。

基於上述認識，我們認為：反問是以疑問的形式表達確定的意義，只問不

〔註 6〕在研究否定的表達手段的文章中，對這兩類有不同的稱法，前者有詞彙手段、顯性手段、一般否定、形式否定、有標記的否定等，後者有語用手段、隱性否定、隱含否定、含蓄否定、意義否定、元語否定、無標記的否定等；對於二者所表達的否定意義，也有不同的名目，前者有句法意義、字面意義、規約意義、顯性意義等，後者有語用意義、隱性意義等。對於否定的有標記和無標記，也存在著不同的認識，有人是從有無否定詞來認定，即有否定詞的就是有標記的否定，反之則是無標記的否定；有人是從否定標記與被否定成分之間的語序來認定的。詳見沈家煊（1999）。

答，答案隱含在句子中。本章第一節所述的疑問是有疑而問，即詢問，是真性問；反問是無疑而問，是假性問，只是假借了真性問的形式來表達否定意義。反問往往出現在對話中的回應性話語中，即「反問不能作始發問，只能用於被激發的位置」（李宇鳳 2010：466）。反問作為回應問，跟我們前面所述回聲問是有交叉內容的，這種情況可以從以下幾條來理解：①反問和回聲問都屬於回應問。②反問可以是回聲問，也可以不是回聲問。③回聲問可以是反問，也可以不是反問。④反問和回聲問交叉的部分的認定，有兩個必要條件：一是含有回聲成分，二是要以肯定的形式表示否定意義，或以否定的形式表達肯定意義；缺少其中任何一個條件，則二者不交叉。⑤回應問中排除反問和回聲問之後剩下的部分是不含回聲成分的詢問。

也正因為回聲反問主要功能是表達否定意義，我們沒將其歸入第一節。

關於反問的性質是疑問還是否定，還有不同的看法。李宇鳳（2010：464）認為「很難界定一個形義結合的獨立領域——反問句，因為反問和詢問都採用疑問形式，反問沒有其特有形式，所有的反問都可以解構為詢問」，而且李文還指出反問的形義結合具有不穩定性。我們不能認同李文的這一觀點，反問固然採用疑問的形式，但在實際的交際中是不能隨隨便便解構為詢問的，所謂解構只能在研究領域對句子進行抽象分析時才能發生，而且反問本身是有其特有的形式表徵的，就是反問語氣（有時有其他標記性詞語如「難到、難不成」等），有時有疑問代詞，即使反問表達否定義在形成初期可能經由了由疑問向否定的漸變過程，但就現代漢語來看，可以說反問就是表達否定的一種可選的固定格式，這便體現了其穩定性（李文中也明確指出回應成分的反問標記化使反問回應表達否定意義更直接更趨穩定，這是一種歷時狀態，目前的反問可以說已經成為表達否定意義固定手段之一）。至於反問解構為詢問的問題，即便有，也是語法化滯後原則所支配的結果，是虛化前的原有功能的遺留，李文所說的「著什麼急」可以回答「著我什麼急」，「怎麼說話的」可以回答「就這麼說的」，以及「誰說、誰知道、怎麼、為啥」等的相關情況（2010：473），這些所謂的答語已經不是真正的回答，充其量是一種回應，表明一種態度，即通過違反禮貌原則來凸顯矛盾，是回應對方的一種語用策略，具有其特殊的語用效果。李文（2010：464）還提到反問的「否定命題」說不能涵蓋複雜的反問現象，很多反問不能解釋為「命題否定」，認為「我孝敬你？你怎麼說話？你有完嗎？你沒完了？」的字面意思不能直接否定，「又打遊戲？作業做完了嗎？你怎麼不怕死啊？」可以字面否定但並非發話人使用反問表意的重點；要知道反問本來就是一種表達否定的隱性手段（確切地說，隱性應該是其產生之初的特徵，因為現代漢語中反問語氣本身就是一種表達否定的廣義形態，就是一種顯性標記），現實交際中聽者一聽便知其中的會話含義是否定意義，這些例子表達否定意義的所謂不直接和非表意重點其實僅僅是它們不直接轉換成「沒、不」等否定的形式，事實上它們的轉換形式應該是「不該、該」與引發反問的相關成分的組合。我們比較贊成曾毅平、杜寶蓮（2004：66）將反問的屬性定位為否定的語用範疇而非疑問的觀點，該文指出：「反問名義上是『問』，實際並不表疑義。反問句關於話題的結論是明確的，在語義上它所表示的是確定的語義特徵。」（2004：67）作者從反問表達否定的形式特徵上對其觀點進行了論證，首先是在詞語（如「像話、兒化、好氣兒、好意思、怎麼樣」等）的選擇上否定和反問具有一定程度的一致性（2004：68、69），即反問否定和否定詞否定在用法上具有相通性，其次是書面上標點符號的使用反問有時不用問號歎號等（2004：71），這是詢問不能出現的情況。沈家煊（1999：105）提到否定句跟特指問句具有明顯的相通性，所舉的例子便是含特指疑問代詞的反問句與否定句的轉換；石毓智（2001：85）指出否定句和疑問句之間具有親和性，即句子的三大類型肯定句、否定句和疑問句之間的親疏關係不是相等的，「否定句似乎跟疑問句之間的關係更為密切些，表現在肯定程度極低的成分，一般是既能用於否定句，又能用於疑問句，但是不能用於肯定句」，並且得到了跨語言的驗證（英語與漢語）。

疑問的四個下位範疇，即是非問、特指問、選擇問和反覆問，都可以作為反問的基本形式。反問以肯定形式表示否定意義，以否定形式表示肯定意義，本質上都是以疑問的形式表達否定判斷，這是反問表達否定的質的體現。朱俊雄（2004）運用量的概念來探討反問的否定指向，頗有創見，即反問的四個類型在量的表達上有不同的表現，是非問形式有全稱、特稱和單稱的區別，特指問形式一般都是全稱，選擇問形式有全稱和特稱的區別，反覆問形式一般是特稱〔註 7〕。我們就這四個類型及其量的特徵對唐河方言中的反問進行全面的描寫。需要說明的是，唐河方言反問的表達沒有普通話（包括書面語）那麼多樣。

〔註 7〕朱文認為否定句用反問語氣說出來表達的是肯定判斷，肯定句用反問語氣說出來表達的是否定判斷，這種觀點混淆了語言學和邏輯學兩個不同領域的否定。

1.1 是非問形式

是非問形式的反問，可以看作是由一個陳述形式加上反問語氣構成的，有時在句前加表示反問的副詞「總不羌」（相當於普通話中的「難道」）。這種反問是對整個命題的否定，在量上則有全稱、特稱和單稱的不同表達。例如：

（1）那見不得人哩事兒你還好意思說？

（2）東西便宜你就買啊？你是錢燒哩慌！

（3）總不羌他們都走了？

（4）她爸是局長她就了不起了？

（5）總不羌他知道了？

例（1）是對「見不得人哩事兒你去說」這一特稱肯定命題的否定，意即「見不得人的事兒你不要去說」，該例是通過對特稱的否定來表達全稱（特稱的反面即為全稱）。例（2）是對「東西便宜你就買」這一全稱肯定命題的否定，意即「並非是便宜的東西你就去買」；例（3）是對「他們都走了」這一全稱肯定命題的否定，意即「他們應該沒都走」，這兩例都是通過對全稱的否定來表達特稱（全稱的反面即為特稱）。例（4）和（5）是對單稱命題的否定，不涉及全稱和特稱的轉換，亦即不涉及量的變化。

1.2 特指問形式

特指問形式的反問，要求特指疑問代詞和反問語氣強制共現。由於疑問代詞的特指屬性，它們本身都是特稱的，用於反問通過對特稱的否定則轉換為全稱（任指）。唐河方言中的疑問代詞有：啥（啥子）、咋、哪兒、誰、抓（抓個、抓哩）；跟普通話中的「什麼」一樣，「啥（啥子）」是其中最為常見、表現最為突出和多樣的。「啥（啥子）、咋、抓（抓個、抓哩）」的用法參看第二章第二節合音現象部分的內容，下面就「哪（哪下兒）、誰」做個說明。

「哪」本身是表示方位的，也可以表示任何一個事物，用於否問時表示的是虛指的周遍性意義（即全稱量），這時一般要兒化為「哪兒」，可以作主語、賓語和定語等，相當於普通話中表方位的「哪裏」。例如：

（6）冬天哪兒有賣西瓜哩？

（7）這個時候兒人家都忙哩著急，上哪兒去找恁些人幫忙？

（8）哪兒有鎮好哩事兒？

（9）給你買鎮些玩具，哪一個你不給它擺置忽隆了？

（10）我不得生病恁些回，（有）哪一回你來問問啊？

例（6）（7）和（8）都是表示方位的，例（9）和（10）表示任何一個事物。

「哪」還有引申的用法，即：可以加表示感歎的語氣助詞單說，相當於普通話中表示謙敬的「哪裏」；也可以作狀語，相當於「怎麼」（「怎麼」在唐河方言中的對應形式是「咋」，但此處卻不能用「咋」）。例如：

（11）A：你又買新衣裳了？

B：哪兒啊，撿哩二茬兒別人穿過的、用過的東西。

（12）我哪會唱歌兒。

（13）他哪有恁些錢。

例（11）中「哪兒」表示謙敬，例（12）和（13）中「哪兒」相當於「怎麼」。

「誰」用於反問一般也都是表示虛指的周遍性意義的，主要作主語，有時可前加「有」。例如：

（14）誰都跟你樣哩？

（15）這號兒吃虧哩事兒，（有）誰想幹啊？

1.3　選擇問形式

表詢問的選擇問句是一種中性問，沒有傾向性，它給出兩個或多個選擇項，即針對一組並列的項目進行提問，要求受話人做出某種選擇，其疑問域是一個包含析取關係的集合（見張伯江 1997：104、105）。選擇問形式的反問則是一種傾向問，即句子給出的一組並列的項目依然表達了說話人的某種確定性的否定傾向，或者否定其一，或者全部否定，視具體的上下文語境而定。

1.3.1　若並列項目之間是對立關係，則肯定一項，否定另一項。這時並列項目一般是兩項。從量上來看，對被否定的項目來說應該是對單稱命題的否定，對被肯定的項目來說則是特稱。例如：

（16）你是來幹活兒哩，還是來享受哩？翹著二郎腿兒坐那兒怪得勁哩！

（17）他來了光政那兒笑，你說他是來勸架哩，還是來看笑話兒哩？

（18）你是來買東西是找茬兒哩？

例（16）是肯定前項，否定後項；例（17）和（18）是否定前項，肯定後項。

1.3.2 若並列項目之間是並立關係，即沒有對立性，則是全部否定。這時並列項目可以是兩項或兩項以上。從量上來看，這表面上是對三個並列單稱命題的否定，會話含義則是「什麼都沒／不……」，因此是全稱否定。例如：

（19）我是說他壞話了還是占他哩光兒了？見了我就跟仇人樣哩。

（20）他給你錢花了？給你好吃哩好穿哩了？還是能給你找個好工作？你咋恁巴結他哩？

1.4 反覆問形式

表詢問的反覆問也是一種中性問，形式上是謂詞的肯定和否定（含否定詞）的並列；相應的反覆問形式的反問，也是傾向問，情形跟選擇問形式的反問的第一種（1.3.1）相似，並列項目之間是對立關係，不同的是它是對肯定項目進行否定，對否定項目進行肯定，因此一定是否定前項，肯定後項。從量上來看，對被否定的項目來說應該是對單稱命題的否定，對被肯定的項目來說則是特稱。這種句子首往往出現感官動詞「說、看、瞅」等。例如：

（21）你說你這號勁兒像話不像話？你爹你都敢噘？

（22）他要是不還錢哩話，我就住到他們不走！看他還不還？

（23）你瞅他壞不壞？淨往人家身上尿尿。

1.5 「管」字句

「管」字句也是以肯定形式表達否定意義的一種手段，它有一定的格式，完整形式可以表示為：P_1＋管＋P_2＋VP，P 為人稱代詞（pron 的縮寫），P_1 為主語，P_2 為賓語，VP 是謂詞性詞語，其中「管」是必有成分，其他成分可以在一定條件下省去。

據蔡麗（2001：58）的考察，「管」字句是現代漢語中的一種常見句式，《現代漢語八百詞》（1999：241）也對「管」的相關用法作了簡單的說明。關於「管」的性質，有人認為是連詞（呂叔湘 1999：241）；有人認為有時是連詞，有時是動詞（蔡麗 2001：56 將「管」字句從語義上分為三種格式，「管」在 I 和 III 中是動詞，在 II 中是連詞）。由於詞類之間從歷時上看是一個漸變的連續統，有時很難從詞性上加以斷定，因此我們暫不討論「管」的詞性，而是根據它的句法功能將其視為一個否定標記，事實上這非但不影響我們對「管」字句的分析，反而免去了詞性認定的麻煩。

唐河方言中的「管」字句大致涵蓋了普通話中的所有類型，表現基本相同，我們根據其結構特徵將其分為三類，下面分別予以舉例說明。

1.5.1　VP 是謂詞的肯定與否定的並列組合

謂詞可以是動詞，也可以是形容詞，「管」字前通常可以加副詞「可」，以加強語氣。例如：

（24）管它貴不貴，只要你相中了我就給你買。

（25）管他去不去哩，你只管走就是了。

（26）A：這飯你還吃不吃？

B：你可管我吃不吃哩。

1.5.2　VP 含有疑問代詞

這是由「管」和疑問代詞雙重標注的否定格式，雙重標記之間是互相依存的關係，二者缺一不可。凡是疑問代詞都可以進入此格式（包括「什麼」和動詞性的「做啥」的合音形式「抓」）。「管」字前通常可以加副詞「可」，以加強語氣。例如：

（27）我可管他是誰，他欺負俺們我就不依［pu^{24-33} i^{24}］聲討他。

（28）管你買哩啥，與我啥相干！

（29）你管人家說啥哩，只當沒聽見就是了。

（30）管我咋來哩，反正我來了。

（31）我可管你上哪兒哩，你願上哪兒上哪兒。

（32）管他抓哩，他是個強筋貨，誰說都不聽。

（33）你管我幹啥。

1.5.3　省略式

省略式並不簡單地指上面兩種情況的省略形式，因為上述形式不全都能省略。所謂省略是針對「管」字句的完整形式「P_1＋管＋P_2＋VP」來說的，有兩種情形：一是省略 VP，但是條件是至少要在「管」前加情狀副詞「可」，或者至少保留主語 P_1 並加助詞「哩」。例如：

（34）可管你，虧本兒了你可誰都白埋怨。

（35）可管他哩，想去就叫他去。

（36）你管我哩，這是我自家哩事兒。

（37）管他哩，已經是已經了，還能咋著哩？

（38）A：你爸叫你給電視關住寫作業。

B：他可管我哩。

一是將 P_2 和 VP 都省去，但必須保留主語 P_1 並加助詞「哩」，而且一般要在「管」前加情狀副詞「可」。例如：

（39）我想抓抓想幹什麼就幹什麼，你們可管哩。

（40）A：門口兒哩車子倒了，你去扶下兒。

B：我可管哩，又不是我哩車兒。

（41）A：鎮晚了你咋還不睡哩？

B：你管哩。

在使令句中，也存在一類含「管」字的以肯定形式表否定義的句子，例如：

（42）A：天真冷，你就不會穿厚點兒？

B：叫你管哩。

（43）A：你媽打電話說叫你少玩點兒遊戲。

B：叫她管哩。

這類句子跟省略式的第二種有點相似，而且「管」字都讀本調（即上聲 54 調，前面其他類型的「管」字句中都變讀 42 調）。但二者句法制約差別很大，使令句中「管」字明顯是動詞，前面不能出現情狀副詞「可」，目前還不好說它們之間有無聯繫以及有什麼樣的聯繫。

「管」字句中有一類用於條件複句，就是呂叔湘（1999：241）提及的那一類，呂文將「管」字視作連詞，用於表示行動不受所舉條件的限制，相當於「不管」，並區分了二者的差異；蔡麗（2001）將這一類歸入她所歸納的三類中的 II 。唐河方言中也有這一類，如例（24）和（27）等。

總起來看，唐河方言「管」字句有以下特徵：

1）除去第三類（即 1.5.3）中的第二種，「管」都由原調 54 調變為 42 調。從音感上來說，42 調音強比 54 調要重。「管」字句往往是對話中的回應性話語，「管」所標注的信息是舊信息，因此語音的加強應該不是為了凸顯信息焦點。由於「管」字句表達比較強烈的主觀情感，我們猜測「管」作為否定標記的語音強化應該凸顯的是否定的語用意義。

2)「管」字句的「管」字前都可以附加情狀副詞「可」，凡是不能加的一般都可以排除它是表否定義的「管」字句的可能，因此是否可在「管」字前加情狀副詞「可」是辨別「管」字句的可操作性手段。如 1.5.2 例（32）和（33）都是是有歧義的，拿（32）「管他抓哩，他是個強筋貨，誰說都不聽」為例，雖然兩種可能的理解都是表示否定意義，但否定的標記是不同的：一是由「管」和「抓哩」雙重標注的「管」字句，「他」跟「抓哩」是意念上的主謂關係，「抓哩」輕讀；一是由「抓哩」和反問語氣雙重標注的反問句式，此時「管」跟「他」是意念上的動賓關係，「管」跟「抓哩」是連動關係，「管」無疑是動詞，此時「抓哩」重讀；這種歧異可以通過在「管」前加「可」來化解，加「可」之後只能作前一種情況理解。再如蔡麗（2001：59）一文中非通過「管」字表達否定意義的句子「哭管什麼用？」「減不減產管你啥事兒？」在唐河方言中「管」前都是不能加「可」的（蔡文還舉有「你管得著嗎？」一例，唐河方言不存在這類是非問句），例中的「管」當是動詞。

3）主語跟賓語之間的制約關係

主語和賓語一般都必須是人稱代詞，以單數為常，有時也可用複數。主語 P_1 的隱現比較自由，只有在省略式中多強制出現；賓語 P_2 則相反，通常是強制出現，但在省略式的第二種情況中是通常是要省去的，第三人稱代詞有時表示虛指，如例（37）中的「他」。

主語和賓語之間存在一定的制約關係，下面以人稱代詞單數為例，圖示說明：

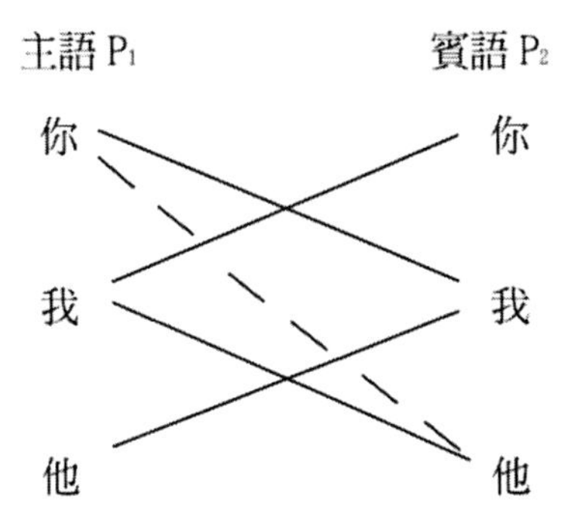

實線表示主語和賓語可以共現，虛線表示遇到賓語是「他」，主語「你」要隱現。

1.5.4 「管」字句表示否定意義的促動因素

呂叔湘（1999：241）指出：「『管』是由反問語氣取得否定意義，因而成為『不管』的同義詞」。儘管「管」字句通過否定語氣取得否定意義還缺少歷時的論證，但反問句本來就是以肯定的疑問形式表達確定的否定意義的，而且在條件複句中「管」字分句還保留著一定程度的反問語氣的痕跡，因此我們覺得呂說還是有一定的可信度的。絕大多數的「管」字句已經覺察不到有反問語氣了，我們推測這是在一定的句法語用因素的作用下，反問語氣將其所承載的否定意義轉移到「管」字上，然後反問語氣從「管」字句中消退，唐河方言中「管」字由 54 調變為 42 調可能就是這中演變的形式表徵。對「管」字句表否定來自反問的推斷是我們將其歸入反問之一類的原因。

2. 反　語

一般認為反語就是正話反說或者反話正說，實際上反語的使用是不對稱的，即：「作為一種修辭手段，反語常見的是用正面的詞語來表示反面的意思，很少用反面的詞語來表示正面的意思。」（沈家煊 1999：127）譬如，普通話中在特定的語境中常用「你真聰明」表示「你不聰明」，用「你真蠻橫」表示「你蠻不講理」，而很少用「你真笨」表示「你不笨」，用「你真蠻橫」表示「你不蠻橫」（原例見沈文第 127 頁，此處有改動）。沈文介紹了 Sperber & Wilson（1981）從語用角度解釋反語的這種不對稱現象的「引述理論」，Sperber & Wilson 認為使用反語是按字面意義「引述」一個詞語並對其表明一種（諷刺的）態度；沈家煊（1999：128）指出：「引述的用意不在傳遞某種命題內容，而是表示已聽到或聽懂對方的話並同時表明一種態度。」那麼，反話正說便是體現說話人對對方話語所持的否定態度的一種手段。

我們此處所考察的唐河方言中表示否定意義的反語指的就是反話正說，即用肯定的形式表達否定的意義，和普通話一樣，這種反語在使用上是不對稱的，也就是用於反語的往往是褒義詞或表示正常期待的詞語，而不是貶義詞語。例如：

（44）A：俺倆關係可好了！

B：好恁很！你不得勁生病了她咋不來看你哩？

（45）A：你這個玩意兒算我哩，中吧？

B：你想哩可美！

（46）你可得高興了！叫手錶甩沒影了吧。

（47）你請給我協火就是了！

（48）請叫他在那兒亂搗亂，嬉戲！惱了我不揍他！〔註8〕

我們看到，唐河方言中的反語形式可以是「引述」的，如（44），引述的內容是顯性的、直觀的（即「好」）；也可以是非「引述」的，如（45）（46）（47）（48），但上下文或現實語境隱含著「引述」的內容，如（45）中A體現了說話人的願望和想法，（46）中現實語境裏被說的人是手舞足蹈的興奮的樣子。例（47）和（48）比較特殊，反語的功能主要體現在情狀副詞「請」[tsʰiŋ^{312}]（其用法詳見第四章第一節情狀副詞部分）上，我們推測這個「請」跟普通話中的動詞「請」[tɕʰiŋ^{214}] 是同源的；「請」在《廣韻》中屬梗攝上聲清母字，在普通話中讀上聲合乎古今音變規律；唐河方言中「請」不作動詞用，也沒有上聲的讀音，只有讀去聲作情狀副詞的用法，讀去聲是不合音變規律的，我們認為這正是動詞「請」在唐河方言中語法化為情狀副詞的形式表徵，而反語的語用表達手段當是其語法化的促動因素之一，反語表達的強烈的主觀情感所體現的顯著的主觀性也有利於這種語用法的語法化的發生；語法化的結果就是表達反語否定成為目前情態副詞「請」的一個專項功能。這種觀點目前還只是一個假設，需要進一步的研究驗證。

反語之所以能夠表達否定意義，我們認為這種肯定是一種極端的、過頭兒的肯定，即「過猶不及」，其形式表現就是一般會用到表示程度的副詞（如「很、可」等），或者表示警告的祈使句（如「請」字祈使句），表達出一種程度或情感上的極致，達到違背語用原則中的適量原則的目的，造成形義上的矛盾，從而產生否定的意義。

3. 加綴重疊

這種表示否定的手段可以用格式「圪X圪X」表示，其中X一般是動詞，「圪」字來自於分音詞，原本只是一個沒有意義的音節，只有在分音詞裏跟其他音節或語素組詞構成單純詞表達一定的意義，由此衍生出構詞語綴和構形語

〔註8〕後一句「惱了我不揍他！」也是反語，用否定形式表示肯定意義。

綴的功能（詳見第二章第二節分音詞和「圪」綴部分和第三章的內容）。

作為構形語綴的「圪」，其作用體現在兩個方面，一是附加在動詞前，再通過整體重疊或附加後綴「下子／下兒」，來表達動作行為的持續反覆或瞬間突然的語法意義（詳見第三章第一節重疊部分）；再就是這裡所說的表示否定意義的「圪X圪X」格式，這種格式的基式是X，加「圪」綴後整體重疊，一般可以後加助詞「哩」，後面往往有追加說明的語句，主要用於回應性的對話中，表示對對方意願的否決。例如：

（49）A：叫我嘗嘗你哩花戲臺兒一種食品。

B：你圪嘗圪嘗哩，上回你都不叫我吃你哩糖圪瘩兒。

（50）A：爸，我想買這個玩具。

B：你圪買圪買哩，每早兒給你買哩你都給它擺置忽隆了。

（51）A：他說他非要跟你一路兒去。

B：他圪去圪去哩，我忙哩不得了，他去了礙事。

（52）A：我想叫他替我去。

B：你圪想圪想哩，他都答應替別哩去了。

從格式上看，這種表示否定的加綴重疊跟表示動作行為持續反覆的加綴重疊是一樣的，但二者所表達的語義是不一樣的，前者動作性不強，後者動作性極強，有顯著的描狀性（如：圪抖圪抖、圪晃圪晃、圪歪圪歪），二者的存在是互補的，不會出現歧義的情況。

就目前的調查研究成果來看，存在「圪」綴的晉語和豫北中原官話等還沒有關於它可以用於表達否定意義的報導；據我們所接觸得到的情況看，包括唐河在內的南陽地區及其周邊則都有這種用法。至於這種句式只是語用上的變異還是構成了固定的語法格式以及在近代漢語和其他方言有沒有表現等問題，還需要作進一步的考察分析去解答。

4. 諧音否定

這種表達否定的形式利用了詞語之間的諧音關係，將原本是雙音節的述賓關係的詞或短語拆解轉換成一個新的三音節或多音節的述賓短語，動詞依然是原來的動詞，賓語一般是雙音節或多音節的形式，而且賓語的末尾音節必須是跟原來的賓語音同或音近。這種否定形式一般出現在對話中的回應性話語中，是說話者對對方話語中的自己所關心的謂語部分作出針鋒相對的否定，往往還有追加說明的後續語句，給出持否定態度的原因。例如：

（53）A：你們娃兒改大城市工作，掙大錢，你請等著享福就是了。

B：享豆腐啊。他買房子我還得給他貼錢哩！

（54）A：老亮是不是當官兒了？天天兒拽炫耀，看不起人哩跟啥樣哩。

B：當雞冠兒，不就是改大隊村委會裏跑腿兒們。

（55）A：你咋不吃飯哩？

B：吃乾飯〔註 9〕！老師布置哩作業還沒做完哩。

（56）A：你上回買哩彩票中獎了沒有？

B：中豆漿，連個毛兒都沒中。

（57）A：他今年保準發財。

B：發鹹菜啊他。照他那號兒勁兒賣啊，不賠本兒就不錯了。

可見，這種否定形式所針對的內容一般都是正面的、積極的或中性的，通過回應性的諧音轉換，傳達出說話者的否定態度，所表示的否定意義比較委婉，附加有詼諧的意味。

諧音否定形式的賓語跟動詞之間在結構上雖然是述賓關係，合乎句法規則，但在語義上卻沒有任何關係，正是這種語義關係上的錯合造成的矛盾促動了該形式產生了否定意義。諧音否定往往是臨時組合的，有較強的隨意性，日常對話中只要有合適的諧音對象，表達否定時都是信手拈來的，沒有固定的可選諧音形式。

5. 詈罵性詞語及相關結構

詈罵性詞語，也有人稱作「髒字眼」，在普通話和各方言中都存在（有關普通話中同類現象的論述，見杜道流 2006a、2006b，周靜 2003，宋來惠 2000 等）。就唐河方言來說，具體有以下幾種情況：

5.1　X＋個＋A

X 包括形容詞和動詞，若 A 是「屁、屎、雞巴」等，則 X 可以是形容詞或

〔註 9〕「乾飯」本指米飯，此處不取本義。

形容詞；若A是「屁、孱、雞巴」等構成的定中偏正短語，則X是動詞。

如果將「X＋個＋A」看作基本形式的話，那麼一般情況下它可以有兩種變體，即：「X＋個＋A＋（啊）＋X」和「X＋A＋X」，這兩種變體都是以X的後置復現來加強否定的語氣（下文例子只列基式和第一種變體）。不管是基式還是變體，一般都是出現在回應性的對話中，而且後面往往會有補充說明性的語句，言明持否定態度的原因，意思相當於「不X」或「沒X」。

5.1.1 A是「屁、孱、雞巴」等，X是形容詞或動詞，一般情況下，形容詞是表示積極意義的，動詞是肯定性的（即不能前加否定副詞）。例如：

（58）A：他這個人脾氣怪好哩！

B：好個屁（啊好）！你是沒跟他過日子。

（59）A：你可得勁了，也不用下地，天天在家裏哄孫子。

B：得勁個孱（啊得勁）！哄娃兒哄了一肚子氣。

（60）A：這個遊戲好玩兒吧？

B：好玩兒個雞巴（啊好玩兒）！沒多大一會兒我都打通關了。

（61）A：這東西拾掇拾掇還能用。

B：能用個屁（啊能用），你不想賠直說就是了。

（62）A：吃了飯趕緊去幹活兒！

B：幹個孱（啊幹）！你就不叫我歇歇？！

（63）A：借我哩錢你啥時候兒還？

B：還個雞巴（啊還）！給你幹恁些活兒你都還沒發工資哩。

5.1.2 A是「屁、孱、雞巴」等構成的定中偏正短語，X是動詞，跟5.1.1有相同的限制。例如：

（64）叫你買個大哩，你買個小哩有個孱用！

（65）A：吃了飯再走吧。

B：吃個屁飯（啊吃）！你沒看看這崩兒都幾點了？

（66）A：你啥時候兒買車啊？

B：買個雞巴車（啊買）！哪兒來哩錢？

（67）A：你倆白吵了，多大哩事兒？！

B：關你屁事兒！

5.2　詈罵性詞語構成名詞性的獨詞句或偏正短語感歎句表否定

這裡的詈罵性詞語都是名詞性的，構成的偏正短語也是名詞性的，一般可以後附語氣助詞「啊」，對對方所說的內容表明一種否定的態度，出現在對話中回應性的語句中，後面往往緊跟補充說明性的語句，給出持否定態度的原因，語義功能跟 5.1 相同。例如：

（68）A：這幾年你可掙住錢兒了。

B：屎啊！掙哩錢兒都叫扳貨兒娃兒擺置光了。

（69）A：娃兒啊，白再氣你媽了，她打你，過後兒也心疼哩不得了。

B：屁！她心疼還捨得下手哩？

（70）A：咱弟兒們感情好，這回你可得借我點兒錢啊。

B：雞巴毛義！用住了你親熱哩不得了，用不住了，你給我甩一邊兒。

（71）A：誰給你買哩名牌兒表？戴著真拽！

B：屁名牌兒！是個冒牌兒貨。

（72）A：人家說人家那兒訂婚男方都得給女方金項鍊兒哩。

B：屎金項鍊兒啊！鐵項鍊兒我也不給她買，還怪敢要哩！

5.3　X＋你／他／她＋A

X 可以是形容詞、動詞和介詞等，A 包括：奶／媽個腿／腳／屄、爺個屎、答個蛋，等等。這種格式中可以後附語氣助詞「啊」，而且 X 也可以借著「啊」在句末復現，起到加強語氣的作用。這種格式也是出現在對話中回應性的語句中，表示對對方說話內容的否定，後面緊跟補充說明性的語句，給出持否定態度的原因，意思相當於「不 X」。例如：

（73）A：你兒媳婦子可利亮了。

B：利亮她奶個腿（啊利亮）！爺們鎮大歲數了，還得天天兒伺候她。

（74）A：大奶，我想艮你們哩葡萄吃，中不中？

B：中你答個蛋（啊中）！欠饞恁很，葡萄青著下兒還不能吃哩。

（75）A：小剛說想跟你換換手機，你看咋樣兒？

B：換他媽個屄（啊換）！老子一個手機能換他十個。

（76）A：你哩洗髮膏兒借給我使使？

B：借你奶個腳（啊借）！你自己不會去買？

（77）A：他非要跟咱們一班兒。

B：跟他爺個屎（啊跟）！誰跟他一班兒誰背時倒楣。

（78）A：給他拿不給？

B：給你答個蛋（啊給）！咱們都不夠分了。

5.4　A 才 VP

A 包括：王八蛋、二屎、憨子、孫子、鬼、老天爺，等等；VP 是動詞性詞語。句子中的主語都是虛指成分，句子表達的意義是否定的。表層結構是肯定形式，由「（只有）……才」關聯主語 A 和謂語 VP，也正是因為主語是虛指成分，說話者通過關聯詞語排除了現實中 VP 存在或發生的可能性，因此衍生出深層的否定的意義，隱含的意義是「沒有人會 VP」，說話者是首選的主體，即「我不 VP」，也可以理解為「大家不 VP」或「沒人 VP」。例如：

（79）王八蛋才跟你擱夥兒！

（80）這事兒二屎才幹哩！

（81）憨子才信他說哩話！

（82）孫子才願意跟他打交道哩！

（83）他要不說，鬼才知道他咋想哩！

（84）老天爺才知道啥時候兒會晴！

其實這類格式中的 A 是要分為兩類的，一類包括「王八蛋、二屎、憨子、孫子」等，它們是通過對人的品質、身份進行貶損達到羞辱的目的，是詈罵性詞語，用在「A 才 VP」格式中作主語，強烈地表達出對 VP 的否定態度，因為沒有人會羞辱自己；另一類包括「鬼、老天爺」等，它們是現實中不存在的虛構出來的事物，不存在的事物與現實中的行為是不會發生關係的，說話者通過這樣一種矛盾體來表達對 VP 的否定。由於「鬼、老天爺」這類能夠用於該格式的表示虛構事物的詞語比較少，而且跟詈罵性詞語在表達否定意義上有著共同的形式表徵，我們就將其整合到這裡來分析。

上述 5.1～5.4 四種情況基本上都是通過詈罵性詞語來表示否定意義，都出現在感歎句中，體現出說話者強烈的主觀情緒；這些句子都可以轉換成用否定詞來表示否定的句子，但相比之下，原句更具有表現力，有更加突出的語用功能。其中前三種可以歸為一類，否定的意義是通過詈罵性詞語體現出來的，可以將這些詈罵性詞語看作否定的標記；第四種歸為一類，否定的意義是通過詈罵性詞語和整個格式共同體現的，可以說否定意義是「A 才 VP」的句式語義，即在這種情況下，「A 才 VP」是一種表達否定意義的手段，限制條件是 A 必須是詈罵性詞語（包括非詈罵性的「鬼、老天爺」等）。

6. 其他手段

不含否定詞而表達否定意義的手段，除了上述五類之外，還有具有否定意義的詞語、與羨餘否定形式相對的肯定形式、轉移話題、假設虛擬等與詞彙、句法、語用等因素相關的手段。前兩種在普通話中的表現比較多樣，具有否定意義的詞語如「拒絕、否認、懶得、以免、阻止、有失、少」等等（可參考李寶貴 2002、周靜 2003、陳爽 2005 等）；關於普通話中羨餘否定形式的研究成果較多，一般也會同時論及與其相對的肯定形式，如「好容易、差點兒、幾乎、險些、小心」等（見石毓智 2010：220～227）。這兩種情況在唐河方言中都比較貧乏，前者如「懶得、妄想、少、好稀罕〔註 10〕」等，例如：

（85）你看你那個樣兒，我都懶得理你！

（86）你妄想改他那兒撈到好處。

（87）你少給我協火。

（88）不叫我看就算了，好稀罕！

「懶得」即「不想、不願」的意思，「妄想」即「別想」的意思，「少」即「別」的意思，「好稀罕」即「不稀罕」。

後者如「差點兒、好（一）懸」等，例如：

（89）我差點兒就剴捉住那個積蟟了。

（90）他差點兒說錯了。

（91）你好（一）懸踩著我了。

「差點兒」的用法跟普通話相同，無論是否是說話人企望發生的事情，都表示否定意義；「好（一）懸」只能用於說話人不企望發生的事情上，作用跟「差

〔註 10〕「好稀罕」來自於反問形式「有啥好稀罕哩」的簡縮凝固，有詞彙化傾向。

點兒」相同。

轉移話題和假設虛擬〔註 11〕是兩種比較靈活的語用手段，都是比較委婉地表達否定，即「言外之意」。例如：

（92）A：小娟，你給我倒杯水。

B：我在忙著哩。

（93）A：我去玩兒啊。

B：你作業還沒寫完哩！

（94）你要再晚點兒回來，飯都吃完了。

（95）夜兒裏你去哩話，肯定能見著她。

前兩例是轉移話題，（92）中B的意思是「我沒空給你倒水」，（93）中B的意思是「你現在不能去玩兒」；後兩例是假設虛擬，（94）的意思是「飯還沒吃完」，（95）的意思是「你沒見到她」。

在實際的言語活動中，表達否定的手段十分多樣，我們這裡揭示的只是比較顯著的幾個方面，那些隱藏在語言之中的其他否定手段還需要進一步的深入挖掘。

〔註 11〕沈家煊（1999：104）指出假設句和否定句是相通的，都屬於非現實句。石毓智（1992、2001：47）稱假設句為虛擬句。

結　語

李如龍先生指出：「研究方言語法必須從單點描寫入手，由近及遠與別方言作平面比較，在描寫和比較的過程中，都必須充分注意到不同語言現象之間的歷史關係，注意方言之間、方言與共同語之間的相互作用。」〔註 1〕本文即是基於這樣的指導所做的單點方言語法的研究報告。

本文對唐河方言語法系統所做的全面的描寫和揭示，涵蓋了詞法、句法、虛詞和邏輯語義範疇等，這些內容並不是各自判然分布在特定的章節裏，而是在各個章節裏有所突出並相互交融的。整體上看，第二、三、四、五各章都是從語法手段入手來剖析相關語言現象的，涉及到的語法手段有音變、重疊、附加、虛詞和某些特殊句式等。本文比較突出的內容包括以下幾個方面：

（1）通過對河南方言研究的回顧和已有成果的區片分布比較，發現豫南豫北方言語法研究成果存在畸輕畸重的態勢，豫北研究成果相對較多，豫南則比較薄弱，幾乎沒有較為全面的單點方言語法調查的成果，相關的比較研究成果更少；這種局面要求我們加強各個方言點的調查研究，同時進行區內區外方言的比較，以改變河南方言研究比較薄弱的面貌，為構建和豐富語言理論體系提供依據。

（2）通過對唐河方言兒化現象的描寫以及同河南其他已見報導的方言點的

〔註 1〕見張雙慶主編《動詞的體》前言（1996：7）。

同類現象進行比較，指出各點之間在形容詞短語兒化上由北到南所存在的遞變性差異，認為這是由方言地域發展的不平衡造成的，包括小稱義磨損程度上的差異、方言內部要素的制約以及普通話影響程度的大小等因素。通過對唐河方言分音詞及相關現象的揭示，發現在分音詞上唐河方言跟晉語有比較突出的相似性，這與明代大槐移民的歷史事實是相互印證的。對與兒化、合音、分音等相關的語法現象的考察主要是透過語音這個切入點進行的，而且涉及到詞彙衍生的方式，這說明語音、詞彙、語法等語言要素之間的相互制約、相互影響是非常值得關注的，要得到比較可靠的結論，必須將它們結合起來採用多維視角加以研究。

（3）通過對兒化、重疊、附加等語法手段在構詞和構形上的特徵的考察，得出它們在唐河方言中不僅可以作用於詞，而且可以作用於短語或小句形式等，如果囿於印歐語的形態只依附於詞這一觀念的話，相關現象就無法解釋，我們引入了「詞組形態」的觀點，這些問題便可以得到比較好的處理。因此，研究漢語不能拿西方語言學的體系削足適履，而是要從漢語自身特徵入手深入挖掘，構建適合自己的語言理論體系。

（4）在重疊和附加方面，還關注了雙重標注現象，即在同一語法單位上同時運用重疊和附加兩種手段或同時附加前綴和後綴來表達某一種或兩種語法意義。並將重疊的內涵和外延做了拓展，包括通常的疊音、重疊、拷貝等語言單位的復現現象，依據的是形式的復現和語義上量的增減之間存在結構類型和語義特徵上的共性，即相似性。對於「著、了、過」這些有爭議的虛成分，採取了折衷的辦法，理論上將其歸入語綴，具體操作上仍按傳統視角將其納入助詞系統進行分析。

（5）在疑問範疇方面，唐河方言不存在普通話和其他方言中的「嗎」類中性是非問句，同樣的語義主要用反覆問句等手段表達；重點考察了反覆問句的幾種格式，並對回聲問句的表達形式進行了描寫。在否定範疇方面，唐河方言跟普通話和其他方言都存在共同之處，我們主要就唐河方言內部進行了描寫分析。

（6）本文在對唐河方言予以全面考察描寫的同時，運用了李如龍先生提出的十字架理論（即：從方言出發進行古今南北的比較研究）對某些語法現象進行了較為深入的個案分析，主要體現在第三章第三節對「哩勁兒」和第四章第五節對「沒得」及相關現象所做的考證上。

此外，拿豫南的唐河方言跟豫北的浚縣方言相比，唐河方言跟普通話更接近，而跟浚縣方言差異較大，最為明顯的就是唐河方言中未見豫北方言中表現比較突出的 Z 變韻，也沒有動詞、形容詞、介詞和副詞的 D 變韻，D 變韻僅見地名變韻，數量很有限，而且跟語法因素無關，體現口語體的色彩。

受限於本人的研究水平和調查條件，本文內容及相關結論不可避免地會存在各種問題，比如很多詞語的本字尚待考證；虛詞部分篇幅雖大，但重在描寫，歷時的考察比較有限，一些虛詞的演變過程還有待揭示；助詞中的比況助詞、表數助詞、限定助詞和列舉助詞都還沒來得及分析，語氣助詞也只列入了比較突出的「哩」和「們」；方言間的比較還做得很不夠，理論的提取尚不到位，有些現象的分析可能還存在臆斷，等等。期待同好共同努力，對唐河方言進行更加深入的調查研究，推動唐河方言的研究獲得更加豐碩的成果。

參考文獻

1. ［日］太田辰夫著，蔣紹愚、徐昌華譯，中國語歷史文法［M］，北京：北京大學出版社，1958 年 / 2003 年。
2. ［日］香阪順一著，江藍生、白維國譯，白話語彙研究［M］，北京：中華書局，1997 年。
3. ［瑞典］高本漢著，趙元任、羅常培、李方桂譯，中國音韻學研究［M］，北京：商務印書館，1940 年 / 1994 年。
4. ［瑞典］馬悅然著，李之義譯，我的老師高本漢：一位學者的肖像［M］，吉林：吉林出版集團有限責任公司，2009 年。
5. 《源潭鎮志》編纂委員會，源潭鎮志［Z］，開封：河南大學出版社，1999 年。
6. 安華林，信陽方言特殊的語法現象論略［J］，信陽師範學院學報（社科版），1999 年，（2）：75～77。
7. 蔡麗，表否定義的「管」字句考察［J］，暨南大學華文學院學報，2001 年，（1）：55～59。
8. 曹東然，唐河方言副詞研究［D］，開封：河南大學碩士學位論文，2008 年。
9. 曹廣順，近代漢語助詞［M］，北京：語文出版社，1995 年。
10. 曹志耘主編，漢語方言地圖集［Z］，北京：商務印書館，2008 年。
11. 陳安平，宜陽方言虛詞研究［D］，廣州：中山大學博士學位論文，2009 年。
12. 陳慶延，晉語特徵詞說略［A］//李如龍主編，漢語方言特徵詞研究［C］，廈門：廈門大學出版社，2001 年。
13. 陳爽，祈使性否定副詞「少」［J］，柳州職業技術學院學報，2005 年，（3）：68～71。
14. 陳天福，河南話與普通話詞彙語法比較［M］，鄭州：河南人民出版社，1959 年。
15. 陳瑤，漢語方言裏的方位詞「頭」［J］，方言，2003 年，（1）：88～92。

16. 陳澤平，福州方言的介詞［A］//李如龍、張雙慶主編，介詞［C］，廣州：暨南大學出版社，2000 年。
17. 陳澤平，福州話的動詞謂語句［A］//李如龍、張雙慶主編，動詞謂語句［C］，廣州：暨南大學出版社，1997 年。
18. 崔燦、夏躍進，舞陽方言研究［M］，開封：河南大學出版社，1988 年。
19. 戴浩一、薛鳳生主編，功能主義與漢語語法［C］，北京：北京語言學院出版社，1994 年。
20. 鄧享璋，閩中、閩北方言分音詞的性質與來源［J］，語文研究，2007 年，(1)：61～64。
21. 鄧曉華、王士元，中國的語言及方言的分類［M］，北京：中華書局，2009 年。
22. 丁全、田小楓，南陽方言［M］，鄭州：中州古籍出版社，2001 年。
23. 丁全、訾小廣，南陽方言中的特殊否定詞［J］，南陽師範學院學報，2007 年，(11)：52～53。
24. 丁全，南陽方言中的 qi［J］，南都學壇，1989 年，(4)：74～75。
25. 丁全，南陽方言中的程度副詞［J］，南都學壇，2000 年，(5)：52～53。
26. 丁全，南陽方言中的合讀音節［J］，南都學壇，1988 年，(2)：50～57。
27. 丁全，南陽方言中的特殊副詞［J］，南都學壇，2001 年，(4)：68～70。
28. 丁全，南陽方言中的形容詞重迭［J］，南都學壇（社科版），1989 年，(2)：32～34。
29. 丁聲樹編錄，李榮參訂，古今字音對照手冊［M］，北京：科學出版社，1958 年。
30. 丁聲樹撰文，李榮製表，漢語音韻講義［M］，上海：上海教育出版社，1984 年。
31. 丁聲樹、李榮，漢語方言調查［A］//現代漢語規範問題學術會議文件彙編［C］，北京：科學出版社，1956 年。
32. 丁聲樹等，現代漢語語法講話［M］，北京：商務印書館，1961 年。
33. 董作賓，方言標音．南陽音［J］，《歌謠》週刊第 55 號，1924 年。
34. 董作賓，歌謠與方音問題［J］，《歌謠》週刊第 32 號，1923 年。
35. 董作賓，為方言進一解［J］，《歌謠》週刊第 49 號，1924 年。
36. 董作賓，研究嬰孩發音的提議［J］，《歌謠》週刊第 50 號，1924 年。
37. 董作賓等撰，方言調查研究［C］，臺北：文海出版社，1987 年。
38. 杜道流，「V／A 個 P！」感歎句的多角度考察［J］，漢語學報，2006a，(2)：48～52。
39. 杜道流，一種口語中的否定表達式：「Q 才 VP」［J］，語言文字應用，2006b，(2)：76～80。
40. 杜建鑫、張衛國，語氣詞「嘛」的用法及語用功能研究［J］，湖北社會科學，2011 年，(5)：147～149。
41. 段亞廣，河南方言研究的歷史和現狀［J］，周口師院學報，2008 年，(3)。
42. 馮春田，《歧路燈》結構助詞「哩」的用法及其形成［J］，語言科學，2004 年，(4)：29～37。
43. 馮春田，近代漢語語法研究［M］，濟南：山東教育出版社，2000 年。

44. 馮勝利，論漢語的「自然音步」[J]，中國語文，1998 年，(1)：40～47。
45. 付義琴、趙家棟，潢川方言中「得」的一種特殊用法 [J]，中國語文，2009 年，(2)：176～177。
46. 谷向偉，河南林州方言的「動」和「動了」[J]，方言，2007 年，(2)：142～146。
47. 谷向偉，林州方言虛詞研究 [D]，廣州：中山大學博士學位論文，2007 年。
48. 郭青萍，安陽話裏的特殊語法現象 [J]，殷都學刊，1988 年，(1)：99～107。
49. 郭銳，現代漢語詞類研究 [M]，北京：商務印書館，2002 年。
50. 郭錫良，漢字古音手冊 [M]，北京：北京大學出版社，1986 年。
51. 郭熙，河南境內中原官話中的「哩」[J]，語言研究，2005 年，(3)：44～49。
52. 郭振生，鄧州方言研究 [M]，開封：河南大學出版社，1992 年。
53. 韓昕，河南商丘話裏的 tei nen [J]，中南民族學院學報（社科版），1988 年，(5)：112～117。
54. 韓玉祥主編，南陽漢代天文畫像石研究 [C]，北京：民族出版社，1995 年。
55. 漢・許慎，說文解字 [Z]，北京：中華書局，1963 年。
56. 漢語大字典編輯委員會，漢語大字典 [Z]，成都：四川辭書出版社；武漢：湖北辭書出版社，1986 年。
57. 河南省地方史志編纂委員會，河南省志・方言志 [Z]，鄭州：河南人民出版社，1995 年。
58. 賀巍，官話方言研究 [M]，北京：方志出版社，2002 年。
59. 賀巍，漢語方言語法研究的幾個問題 [J]，方言，1992 年，(3)：161～171。
60. 賀巍，河南方言詞彙 [A] //官話方言研究 [M]，北京：方志出版社，2002 年。
61. 賀巍，河南山東皖北蘇北的官話（稿）[J]，方言，1985 年，(3)：163～170。
62. 賀巍，河南省西南部方言的語音異同 [J]，方言，198 年 5，(2)：119～123。
63. 賀巍，獲嘉方言表音字詞表 [J]，語文研究，1989 年，(3)：1～10。
64. 賀巍，獲嘉方言代詞 [J]，中國語文，1988 年，(1)。
65. 賀巍，獲嘉方言的表音字詞頭 [J]，方言，1980 年，(1)：53～63。
66. 賀巍，獲嘉方言的連讀變調 [J]，方言，1979 年，(2)：122～136。
67. 賀巍，獲嘉方言的輕聲 [J]，方言，1987 年，(2)：133～141。
68. 賀巍，獲嘉方言的一種變韻 [A] //官話方言研究 [M]，北京：方志出版社，1983 年 / 2002 年。
69. 賀巍，獲嘉方言的疑問句——兼論反覆問句兩種句型的關係 [A] //官話方言研究 [M]，北京：方志出版社，2002 年。
70. 賀巍，獲嘉方言的語法特點 [J]，方言，1990 年，(2)：117～125。
71. 賀巍，獲嘉方言的語助詞 [A] //官話方言研究 [M]，北京：方志出版社，2002 年。
72. 賀巍，獲嘉方言形容詞的後置成分 [J]，方言，1984 年，(1)：41～46。
73. 賀巍，獲嘉方言研究 [M]，北京：商務印書館，1989 年。
74. 賀巍，獲嘉方言韻母變化的功用舉例 [J]，中國語文，1965 年，(4)。
75. 賀巍，獲嘉方言韻母的分類 [J]，方言，1982 年，(1)：22～36。

76. 賀巍，濟源方言記略 [J]，方言，1981 年，(1)：5～26。
77. 賀巍，冀魯豫三省毗連地區的方言分界 [J]，方言，1986 年，(1)：46～49。
78. 賀巍，洛陽方言記略 [J]，方言，1984 年，(4)：278～299。
79. 賀巍，洛陽方言研究 [M]，北京：社會科學文獻出版社年，1993。
80. 賀巍，中和方言的代詞 [J]，中國語文，1962 年，(1)。
81. 賀巍，中和方言中的「吥」「骨」「圪」[J]，中國語文，1959 年，(6)。
82. 賀巍，中原官話分區（稿）[J]，方言，2005 年，(2)：136～140。
83. 洪波、趙茗，漢語給予動詞的使役化及使役動詞的被動介詞化 [A] //沈家煊、吳福祥、馬貝加主編，語法化與語法研究（二）[C]，北京：商務印書館，2005 年。
84. 侯精一，長治方言志 [Z]，北京：語文出版社，1985 年。
85. 侯精一，晉語研究 [M]，東京：東京外國語大學亞非言語文化研究所，1989 年。
86. 侯精一，晉語總論 [A] //陳慶延等主編，首屆晉方言國際學術研討會論文集 [C]，太原：山西高校聯合出版社，1996 年。
87. 侯精一，現代晉語的研究 [M]，北京：商務印書館，1999 年。
88. 胡建剛，副詞「剛」的語義參數模式和語義發展脈絡 [J]，語言教學與研究，2007 年，(5)：68～75。
89. 胡雙寶，山西文水話的自感動詞結構「V＋人」[A] //漢語・漢字・漢文化 [M]，北京：北京大學出版社，1984 年 / 1998 年。
90. 華玉明，四十年來的重疊研究 [J]，河池師專學報，1992 年，(4)：18～22。
91. 黃伯榮、廖序東主編，現代漢語・下冊 [M]，北京：高等教育出版社，2002 年。
92. 黃伯榮等，漢語方言語法調查手冊 [Z]，廣州：廣東人民出版社，2001 年。
93. 黃伯榮等，漢語方言語法類編 [Z]，青島：青島出版社，1996 年。
94. 霍生玉，「管 A 叫 B」格式的成因探究 [J]，語文學刊，2010 年，(11)：33～36。
95. 江藍生，「VP 的好」句式的兩個來源——兼談結構的語法化 [J]，中國語文，2005 年，(5)：387～398。
96. 江藍生，漢語使役與被動兼用探源 [A] //近代漢語探源 [M]，北京：商務印書館，2000 年。
97. 江藍生，疑問語氣詞「呢」的來源 [J]，語文研究，1986 年，(2)：17～26。
98. 姜曉明，淺談「X 不」形式 [J]，語文學刊，2008 年，(20)：115～117。
99. 蔣冀騁、吳福祥，近代漢語綱要 [M]，長沙：湖南教育出版社，1997 年。
100. 蔣紹愚、曹廣順主編，近代漢語語法史研究綜述 [C]，北京：商務印書館，2005 年。
101. 蔣紹愚，「給」字句、「教」字句表被動的來源——兼談語法化、類推和功能擴展 [A] //吳福祥、洪波主編，語法化與語法研究（一）[C]，北京：商務印書館，2003 年。
102. 蔣紹愚，杜詩詞語箚記 [A] //語言學論叢（第 6 輯）[C]，北京：商務印書館，1980 年。
103. 蔣紹愚，近代漢語研究概況 [M]，北京：北京大學出版社，1994 年。
104. 蔣紹愚，唐詩詞語小札 [A] //唐詩語言研究 [M]，北京：語文出版社，2008 年。

105. 金兆梓，國文法之研究［M］，北京：中華書局，1955 年。
106. 李寶貴，隱性否定的語用分析［J］，遼寧師範大學學報（社科版），2002 年，(1)：86～88。
107. 李崇興、石毓智，被動標記「叫」語法化的語義基礎和句法環境［J］，古漢語研究，2006 年，(3)：36～43。
108. 李靜，平頂山方言研究［M］，西安：三秦出版社，2008 年。
109. 李藍，方言比較、區域方言史與方言分區——以晉語分音詞和福州切腳詞為例［J］，方言，2002 年，(1)：41～59。
110. 李藍，西南官話的分區（稿）［J］，方言，2009 年，(1)：72～78。
111. 李藍，現代漢語差比句的語序類型［J］，方言，2003 年，(3)：214～232。
112. 李立成，「兒化」性質新探［J］，杭州大學學報（哲社版），1994 年，(3)：108～115。
113. 李榮主編，鮑厚星等編纂，長沙方言詞典［Z］，南京：江蘇教育出版社，1998 年。
114. 李榮主編，蔡國璐編纂，丹陽方言詞典［Z］，南京：江蘇教育出版社，1995 年。
115. 李榮主編，賀巍編纂，洛陽方言詞典［Z］，南京：江蘇教育出版社，1996 年。
116. 李榮主編，黃雪貞編纂，梅縣方言詞典［Z］，南京：江蘇教育出版社，1995 年。
117. 李榮主編，梁德曼、黃尚軍編纂，成都方言詞典［Z］，南京：江蘇教育出版社，1998 年。
118. 李榮主編，蘇曉青、呂永衛編纂，徐州方言詞典［Z］，南京：江蘇教育出版社，1996 年。
119. 李榮主編，王軍虎編纂，西安方言詞典［Z］，南京：江蘇教育出版社，1996 年。
120. 李榮主編，王平編纂，貴陽方言詞典［Z］，南京：江蘇教育出版社，1994 年。
121. 李榮主編，熊正輝編纂，南昌方言詞典［Z］，南京：江蘇教育出版社，1995 年。
122. 李榮主編，顏清徽、劉麗華編纂，婁底方言詞典［Z］，南京：江蘇教育出版社，1994 年。
123. 李榮主編，顏森編纂，黎川方言詞典［Z］，南京：江蘇教育出版社，1995 年。
124. 李榮主編，張惠英編纂，崇明方言詞典［Z］，南京：江蘇教育出版社，1993 年。
125. 李榮主編，朱建頌編纂，武漢方言詞典［Z］，南京：江蘇教育出版社，1995 年。
126. 李榮主編，現代漢語方言大詞典［Z］，南京：江蘇教育出版社，2002 年。
127. 李榮，「這不」解［J］，方言，1998 年，(4)：241～242。
128. 李榮，關於方言研究的幾點意見［J］，方言，1983 年，(1)：1～15。
129. 李榮，關於漢語方言分區的幾點意見（二）［J］，方言，1985 年，(3)：161～162。
130. 李榮，關於語言研究的幾個問題［J］，語文研究，1981 年，(1)：1～10。
131. 李榮，官話方言的分區［J］，方言，1985 年，(1)：2～5。
132. 李榮，漢語方言的分區［J］，方言，1989 年，(4)：241～259。
133. 李榮，漢語方言調查手冊［M］，北京：科學出版社，1957 年。
134. 李榮，漢語方言分區的幾個問題［J］，方言，1985 年，(2)：81～88。
135. 李榮，中國的語言和方言［J］，方言，1989 年，(3)：161～167。
136. 李如龍主編，漢語方言特徵詞研究［C］，廈門：廈門大學出版社，2001 年。

137. 李如龍主編，漢語方言研究文集［C］，廣州：暨南大學出版社，2002 年。
138. 李如龍、張雙慶主編，代詞［C］，廣州：暨南大學出版社，1999 年。
139. 李如龍、張雙慶主編，動詞謂語句［C］，廣州：暨南大學出版社，1997 年。
140. 李如龍、張雙慶主編，介詞［C］，廣州：暨南大學出版社，2000 年。
141. 李如龍，方言與文化的宏觀研究［J］，暨南學報（哲社版），1994 年，(4)：139～148。
142. 李如龍，方言與音韻論集［M］，香港：香港中文大學中國文化研究所吳多泰中國語文研究中心，1996 年。
143. 李如龍，漢語詞彙學論集［M］，廈門：廈門大學出版社，2011 年。
144. 李如龍，漢語方言的比較研究［M］，北京：商務印書館，2001 年。
145. 李如龍，漢語方言學［M］，北京：高等教育出版社，2007 年。
146. 李如龍，漢語方言研究文集［M］，北京：商務印書館，2009 年。
147. 李如龍，漢語應用研究［M］，北京：中國傳媒大學出版社，2004 年。
148. 李如龍，論漢語方言的類型學研究［J］，暨南學報，1996 年，(2)：91～99。
149. 李如龍，閩南方言語法研究［M］，福州：福建人民出版社，2007 年。
150. 李如龍，泉州方言的體［A］//張雙慶主編，動詞的體［C］，香港：香港中文大學吳多泰中國語文研究中心，1996 年。
151. 李素娟，禹州方言中助詞「哩」的用法［J］，許昌師專學報（社科版），1998 年，增刊：204～205。
152. 李新業，「夜叉」一詞在漢語中的演變［J］，尋根，2010 年，(5)：102～104。
153. 李豔，句末「沒」從否定副詞到疑問語氣詞的漸變［J］，深圳大學學報（社科版），2010 年，(4)：130～134。
154. 李宇鳳，從語用回應視角看反問否定［J］，語言科學，2010 年，(5)：464～474。
155. 李宇明，論詞語重疊的意義［J］，世界漢語教學，1996 年，(1)：10～19。
156. 李宇明，泌陽話性質形容詞的重疊及有關的節律問題［J］，語言研究，1996 年，(1)：16～25。
157. 練春招，客家方言的幾個方位詞［A］//李如龍、鄧曉華主編，客家方言研究［C］，福州：福建人民出版社，2009 年。
158. 林燾、王理嘉，語音學教程［M］，北京：北京大學出版社，1992 年。
159. 劉春卉，河南確山方言中「給」的語法化機制考察［J］，語言科學，2009 年，(1)：68～75。
160. 劉春卉，河南確山方言中的「（有）多 A」與「（有）多 A 兒」——兼論普通話中被「中性問」掩蓋了的「偏向問」［J］，語言科學，2007 年，(5)：83～88。
161. 劉丹青編著，語法調查研究手冊［Z］，上海：上海教育出版社，2008 年。
162. 劉丹青主編，語言學前沿與漢語研究［C］，上海：上海教育出版社，2005 年。
163. 劉丹青，東南方言的體貌標記［A］//張雙慶主編，動詞的體［C］，香港中文大學吳多泰中國語文研究中心，1996 年。
164. 劉丹青，漢語中的框式介詞［J］，當代語言學，2002 年，(4)：241～253。
165. 劉丹青，實詞的擬聲化重疊及其相關構式［J］，中國語文，2009 年，(1)：23～31。

166. 劉丹青，蘇州方言的動詞謂語句［A］//李如龍、張雙慶主編，動詞謂語句［C］，廣州：暨南大學出版社，1997 年。
167. 劉丹青，蘇州方言重疊式研究［J］，語言研究，1986 年，(1)：7～28。
168. 劉丹青，語序類型學與介詞理論［M］，北京：商務印書館，2003 年。
169. 劉海章，湖北荊門話中的「V 人子」[J]，語言研究，1989 年，(1)：96～97。
170. 劉堅、江藍生、白維國、曹廣順，近代漢語虛詞研究［M］，北京：語文出版社，1992 年。
171. 劉勝利，南陽方言助詞研究［D］，濟南：山東大學碩士學位論文，2009 年。
172. 劉勳寧，再論漢語北方話的分區［J］，中國語文，1995 年，(6)：447～454。
173. 劉勳寧，中原官話與北方官話的區別及《中原音韻》的語言基礎 [J]，中國語文，1998 年，(6)：463～469。
174. 劉一之，北京話中的「著（·zhe)」字新探［M］，北京：北京大學出版社，2001 年。
175. 盧甲文、胡曜汀、賈文，河南方言資料［Z］，鄭州：河南人民出版社，1984 年。
176. 盧甲文，鄭州方言志［Z］，北京：語文出版社，1992 年。
177. 陸儉明，八十年代中國語法研究［M］，北京：商務印書館，1993 年。
178. 陸儉明，現代漢語語法研究教程［M］，北京：北京大學出版社，2003 年。
179. 呂叔湘主編，現代漢語八百詞［Z］，北京：商務印書館，1999 年。
180. 呂叔湘著，江藍生補，近代漢語指代詞［M］，上海：學林出版社，1985 年。
181. 呂叔湘，漢語語法分析問題［M］，北京：商務印書館，1979 年。
182. 呂叔湘，論「底」、「地」之辨及「底」字的由來［A］//呂叔湘文集（二）[M]，北京：商務印書館，1943 年 / 1990 年。
183. 呂叔湘，釋《景德傳燈錄》中在「在」、「著」二助詞［A］//呂叔湘文集（二）[M]，北京：商務印書館，1941 年 / 1990 年。
184. 呂叔湘，中國文法要略［M］，北京：商務印書館，1982 年。
185. 呂叔湘，助詞說略［A］//呂叔湘文集（二）[M]，北京：商務印書館，1956 年 / 1990 年。
186. 羅昕如，湘語中的「V 人」類自感詞 [J]，湖南師範大學社會科學學報，2006 年，(5)：105～107。
187. 羅竹風主編，漢語大詞典（五）[Z]，上海：漢語大詞典出版社，1995 年。
188. 羅自群，現代漢語方言表示持續意義的「住」[J]，中國語文，2005 年，(2)：152～157。
189. 羅自群，現代漢語方言持續體標記的比較研究 [M]，北京：中央民族大學出版社，2006 年。
190. 羅自群，襄樊方言的重疊式［J］，方言，2002 年，(1)：82～89。
191. 馬建忠，馬氏文通［M］，北京：商務印書館，1898 年 / 1983 年。
192. 孟建安，舞鋼話的［tei~（44)］［J］，平頂山師專學報，1994 年，(3)：16～20。
193. 泌陽縣地方史志編纂委員會，泌陽縣志［Z］，鄭州：中州古籍出版社，1994 年。
194. 寧繼福，中原音韻表稿［M］，長春：吉林文史出版社，1985 年。

195. 潘悟雲，漢語否定詞考源——兼論虛詞考本字的基本方法［J］，中國語文，2002年，(4)：202～210。
196. 齊滬揚，語氣詞與語氣系統［M］，合肥：安徽教育出版社，2002年。
197. 強星娜，「他問」與「自問」——從普通話「嘛」和「呢」說起［J］，語言科學，2007年，(5)：34～43。
198. 喬全生，晉方言向外的幾次擴散［J］，語文研究，2008年，(1)：45～48。
199. 喬全生，晉方言研究綜述，山西大學學報（哲社版）［J］，2005年，(1)：84～89。
200. 喬全生，晉方言語法研究［M］，北京：商務印書館，2000年。
201. 喬全生，晉語與官話非同步發展（二）［J］，方言，2003年，(3)：233～242。
202. 喬全生，晉語與官話非同步發展（一）［J］，方言，2003年，(2)：147～160。
203. 喬全生，山西方言「子尾」研究［J］，山西大學學報，1995年，(3)：55～65。
204. 清・吳泰來、黃文蓮纂修，河南省唐縣志［Z］，臺北：成文出版社，1976年。
205. 任均澤，河南方言詞彙（續）［J］，方言與普通話集刊（六），1959年。
206. 任均澤，河南方言詞彙［J］，方言與普通話集刊（三），1958年。
207. 邵敬敏，「動＋個＋形／動」結構分析——兼與游汝傑同志商榷［J］，漢語學習，1984年，(2)：50～54。
208. 沈家煊，「語法化」研究綜觀［J］，外語教學與研究，1994年，(4)：17～24。
209. 沈家煊，不對稱和標記論［M］，南昌：江西教育出版社，1999年。
210. 沈莉娜，現代漢語中的「沒有」作為疑問語氣詞的思考［J］，景德鎮高專學報，2007年，(1)：41～43。
211. 沈明，晉語的分區（稿）［J］，方言，2006年，(4)：343～356。
212. 施其生，方言論稿［M］，廣州：廣東人民出版社，1996年。
213. 施其生，漢語方言中詞組的「形態」［J］，語言研究，2011年，(1)：43～52。
214. 施其生，漢語方言中語言成分的同質兼併［J］，語言研究，2009年，(2)：104～112。
215. 施其生，論汕頭方言中的「重疊」［J］，語言研究，1997年，(1)：72～85。
216. 施其生，閩南方言中性問句的類型及其變化［A］//丁邦新、余靄芹主編，語言變化與漢語方言——李方桂先生紀念論文集［C］，臺北：中央研究院語言學研究所籌備處，2000年。
217. 施其生，汕頭方言的體［A］//張雙慶主編，動詞的體［C］，香港：香港中文大學中國文化研究所吳多泰中國語文研究中心，1996年。
218. 施其生，汕頭方言量詞和數量詞的小稱［J］，方言，1997年，(3)：233～236。
219. 石毓智、雷玉梅，「個」標記賓語的功能［J］，語文研究，2004年，(4)：14～19。
220. 石毓智、李訥，漢語發展史上結構助詞的興替——論「的」的語法化歷程［J］，中國社會科學，1998年，(6)：165～180。
221. 石毓智、李訥，漢語語法化的歷程［M］，北京：北京大學出版社，2001年。
222. 石毓智、李訥，十五世紀前後的句法變化與現代漢語否定標記系統的形成——否定標記「沒（有）」產生的句法背景及其語法化過程［J］，語言研究，2000年，(2)：39～62。

223. 石毓智、王統尚，方言中處置式和被動式擁有共同標記的原因［J］，漢語學報，2009 年，(2)：43～53。
224. 石毓智，漢語語法［M］，北京：商務印書館，2010 年。
225. 石毓智，兼表被動和處置的「給」的語法化［J］，世界漢語教學，2004 年，(3)：15～26。
226. 石毓智，肯定和否定的對稱與不對稱［M］，北京：北京語言文化大學出版社，2001 年。
227. 石毓智，量詞、指示代詞和結構助詞的關係［J］，方言，2002 年，(2)：117～126。
228. 石毓智，時間的一維性對介詞衍生的影響［J］，1995 年，(1)：1～10。
229. 石毓智，試論漢語的句法重疊［J］，語言研究，1996 年，(2)：1～12。
230. 石毓智，語法的概念基礎［M］，上海：上海外語教育出版社，2006 年。
231. 宋・陳彭年等，宋本廣韻［Z］，南京：江蘇教育出版社，2008 年。
232. 宋來惠，否定句分類探析［J］，丹東師專學報，2000 年，(1)：68～70。
233. 宋玉柱，量詞「個」和助詞「個」［J］，邏輯與語言學習，1993 年，(6)：44～45。
234. 孫立新，陝西方言漫話［M］，北京：中國社會出版社，2004 年。
235. 孫錫信，近代漢語語氣詞：漢語語氣詞的歷史考察［M］，北京：語文出版社，1999 年。
236. 孫錫信，語氣詞「呢」「哩」考源補述［J］，湖北大學學報（哲社版），1992 年，(6)：69～82。
237. 唐河縣地方史志編纂委員會，唐河縣志［Z］，鄭州：中州古籍出版社，1993 年。
238. 唐河縣地方史志編纂委員會，唐河縣志 1986～2000［Z］，鄭州：中州古籍出版社，2010 年。
239. 萬波主編，湧泉集，李如龍教授從教五十年紀念文集［C］，廈門：廈門大學出版社，2008 年。
240. 王燦龍，試論「不」與「沒（有）」語法表現的相對同一性［J］，中國語文，2011 年，(4)：301～312。
241. 王燦龍，現代漢語回聲拷貝結構分析［J］，漢語學習，2002 年，(6)：14～18。
242. 王春玲，西充方言語法研究［M］，北京：中華書局，2011 年。
243. 王力，漢語史稿［M］，北京：中華書局，1958 年 / 1980 年。
244. 王力，王力文集（十一）：漢語語法史、漢語詞彙史［M］，濟南：山東教育出版社，1990 年。
245. 王力，中國現代語法［M］，北京：商務印書館，1985 年。
246. 王麗彩，「管 A 叫 B」格式的多角度分析［J］，語文研究，2008 年，(3)：13～17。
247. 王琳，安陽方言中表達實現體貌的虛詞——「咾」、「啦」及其與「了」的對應關係［J］，語言科學，2010 年，(1)：64～72。
248. 王森，濟源方言形容詞的級［J］，語言研究，1996 年，(2)：102～104。
249. 王森，鄭州滎陽（廣武）方言的變韻［J］，中國語文，1998 年，(4)：275～283。
250. 王紹新，量詞「個」在唐代前後的發展［J］，語言教學與研究，1989 年，(2 期)：98～119。

251. 王曉紅，河南南陽方言中的代詞［J］，現代語文（語言研究版），2008 年，(10)：98～100。
252. 王曉紅，南陽方言中的助詞「哩」[J]，南陽師範學院學報，2003 年，(2)：44～46。
253. 王媛媛，漢語「兒化」研究［M］，西安：陝西人民教育出版社，2009 年。
254. 溫端政，晉語「分立」與漢語方言分區問題［J］，語文研究，2000 年，(1)：1～12。
255. 吳福祥主編，漢語語法化研究［C］，北京：商務印書館，2005 年。
256. 吳福祥，《朱子語類輯略》語法研究［M］，開封：河南大學出版社，2004 年。
257. 吳福祥，從 VP～neg 式反覆問句的分化談語氣詞「麼」的產生［J］，中國語文，1997 年，(1)：44～54。
258. 吳福祥，漢語能性述補結構「V 得／不 C」的語法化［J］，中國語文，2002 年，(1)：29～40。
259. 吳福祥，語法化與漢語歷史語法研究［M］，合肥：安徽教育出版社，2006 年。
260. 吳福祥，再論處置式的來源［J］，語言研究，2003 年，(3)：1～14。
261. 項夢冰，連城客家話語法研究［M］，北京：語文出版社，1997 年。
262. 蕭國政，武漢方言「著」字與「著」字句［J］，方言，2000 年，(1)：55～60。
263. 辛永芬，河南浚縣方言的動詞變韻［J］，中國語文，2006 年，(1)：45～53。
264. 辛永芬，河南浚縣方言形容詞短語的小稱兒化［J］，語言研究，2008 年，(3)：19～25。
265. 辛永芬，浚縣方言語法研究［M］，北京：中華書局，2006 年。
266. 邢向東，論現代漢語方言祈使語氣詞「著」的形成［J］，方言，2004 年，(4)：311～323。
267. 邢向東，陝北晉語語法比較研究［M］，北京：商務印書館，2006 年。
268. 邢向東，神木方言研究［M］，北京：中華書局，2002 年。
269. 熊正輝、張振興，漢語方言的分區［J］，方言，2008 年，(2)：97～108。
270. 徐烈炯、劉丹青，話題的結構與功能［M］，上海：上海教育出版社，1998 年。
271. 徐時儀，否定詞「沒」「沒有」的來源和語法化過程［J］，湖州師範學院學報，2003 年，(1)：1～6。
272. 徐為民，維特根斯坦論語言的否定性原則——兼論私人語言的不可能性［J］，自然辯證法通訊，2002 年，(1)：23～30。
273. 徐亦昌、張占獻，新野方言志［Z］，鄭州：文心出版社，1987 年。
274. 徐奕昌、張占獻，南陽方言與普通話［M］，鄭州：文心出版社，1993 年。
275. 徐奕昌，南陽方言概要［J］，南陽師專學報，1982 年，(3)：4～18。
276. 許寶華、宮田一郎主編，漢語方言大詞典［Z］，北京：中華書局，1999 年。
277. 薛宏武、胡惲，現代漢語裏謂語拷貝話題句的功能［J］，語言與翻譯（漢文），2009 年，(1)：30～35。
278. 閻德亮，南陽方言語法拾零［J］，南都學壇，1990 年，(2)：48～53。
279. 楊平，帶「得」的述補結構的產生和發展［J］，古漢語研究，1990 年，(1)：56～63。

280. 楊永龍，漢語方言先時助詞「著」的來源［J］，語言研究，2002 年，(2)：1～7。
281. 楊永龍，句尾語氣詞「嗎」的語法化過程［J］，語言科學，2003 年，(1)：29～38。
282. 楊正超，《型世言》中的處置式研究［D］，福州：福建師範大學碩士論文，2009 年。
283. 楊正超，漢語中否定詞「沒得」的來源及其演變方向——以唐河方言為例［J］，寧夏大學學報（社科版），2011 年，(3)：36～42。
284. 楊正超，中原官話唐河方言形容詞短語兒化研究——兼與其他次方言同類現象比較［J］，暨南學報（哲學社會科學版），2013 年，(2)：151～156
285. 葉文曦，「手持」類動詞的語義演變和「把」字的語法化［A］//《語言學論叢》第 34 輯［C］，北京：商務印書館，2006 年。
286. 葉祖貴，固始方言研究［M］，北京：中國社會科學出版社，2009 年。
287. 游汝傑，補語標誌「個」和「得」［J］，漢語學習，1983 年，(3)：18～49。
288. 余藹芹，廣東開平方言的中性問句［M］，中國語文，1992 年，(4)。
289. 俞光中、［日］植田均，近代漢語語法研究［M］，上海：學林出版社，1999 年。
290. 袁家驊等，漢語方言概要［M］，北京：語文出版社，2001 年。
291. 岳俊發，「得」字句的產生和演變［J］，語言研究，1984 年，(2)：10～30。
292. 曾光平、張啟煥、許留森，洛陽方言志［Z］，鄭州：河南人民出版，1987 年。
293. 曾毅平、杜寶蓮，略論反問的否定功能［J］，暨南大學華文學院學報，2004 年，(2)：66～71。
294. 翟富生，關於濮陽方言中的「咧」［J］，淮陽教育學院學報，1999 年，(2)：9。
295. 詹伯慧、李如龍、黃家教、許寶華等，漢語方言及方言調查［M］，武漢：湖北教育出版社，1991 年 / 2001 年。
296. 張寶林，連詞的再分類［A］//胡明揚主編，詞類問題考察［C］，北京：北京語言學院出版社，1996 年。
297. 張斌，漢語語法學［M］，上海：上海教育出版社，2003 年。
298. 張伯江，疑問句功能瑣議［J］，中國語文，1997 年，(2)：104～110。
299. 張輝，南陽方言的名詞重疊式［J］，南陽師範學院學報，2004 年，(11)：34～36。
300. 張敏，從類型學和認知語法的角度看漢語重疊現象［J］，當代語言學，1997 年，(2)：37～45。
301. 張敏，認知語言學與漢語名詞短語［M］，北京：中國社會科學出版社，1998 年。
302. 張啟煥、陳天福、程儀，河南方言研究［M］，開封：河南大學出版社，1993 年。
303. 張啟煥、陳天福、程儀，河南方音概況［M］，開封：河南師範大學科研處，1982 年。
304. 張青，洪洞大槐樹移民志［M］，太原：山西古籍出版社，2000 年。
305. 張邱林，河南陝縣方言表將然的語氣助詞「呀」構成的祈使句［J］，中國語文，2007 年，(4)：357～358。
306. 張邱林，陝縣方言的兒化形容詞［J］，語言研究，2003 年，(3)：108～112。
307. 張邱林，陝縣方言選擇問句裏的語氣助詞「曼」——兼論西北方言選擇問句裏的「曼」類助詞［J］，漢語學報，2009 年，(2)：54～60。

308. 張邱林，陝縣方言遠指代詞的面指和背指[J]，華中師範大學學報(哲社版)，1992年，(5)：94～96。
309. 張雙慶主編，動詞的體［C］，香港：香港中文大學中國文化研究所吳多泰中國語文研究中心，1996年。
310. 張雪平，河南葉縣話的「叫」字句［J］，方言，2005年，(4)：301～305。
311. 張誼生，從量詞到助詞——量詞「個」語法化過程的個案分析［J］，當代語言學，2003年，(3)：193～205。
312. 張誼生，現代漢語副詞分析［M］，上海：上海三聯書店，2010年。
313. 張誼生，現代漢語虛詞［M］，上海：華東師範大學出版社，2000年。
314. 張誼生，助詞與相關格式［M］，合肥：安徽教育出版社，2002年。
315. 張志公主編，現代漢語［M］，北京：人民教育出版社出版，1982年。
316. 趙和平，荊門方言的「沒得」[J]，沙洋師範專科學報，1999年，(1)：34～38。
317. 趙清治，長葛方言的動詞變韻［J］，方言，1998年，(1)：37～40。
318. 趙元任著，呂叔湘譯，漢語口語語法［M］，北京：商務印書館，1979年。
319. 趙月朋，洛陽方言中的一些語法現象［J］，中國語文，1958年，(7)。
320. 趙月朋，洛陽話淺說［J］，方言與普通話集刊（二），1958年。
321. 中國科學院語言研究所，官話區方言尖團音分合的情況［J］，方言和普通話叢刊（一），1958年。
322. 中國社會科學院、澳大利亞人文科學院，中國語言地圖集［Z］，香港：朗文（遠東）出版公司，1987年。
323. 中國社會科學院語言研究所，方言調查字表［Z］，商務印書館，1981年。
324. 中國社會科學院語言研究所詞典編輯室，現代漢語詞典[Z]，北京：商務印書館，2002年。
325. 中國語言資源有聲數據庫建設領導小組辦公室，中國語言資源有聲數據庫調查手冊·漢語方言［Z］，北京：商務印書館，2010年。
326. 周剛，連詞與相關問題［M］，合肥：安徽教育出版社，2002年。
327. 周靜，漢語中無標記否定表達手段探微［J］，商丘師範學院學報，2003年，(1)：105～107。
328. 周口地方史志編纂委員會，周口市志［Z］，鄭州：中州古籍出版社，1998年。
329. 周一民，北京方言動詞的常用後綴［J］，方言，1991年，(4)：283～298。
330. 周振鶴、游汝傑，方言與中國文化［M］，上海：上海人民出版社，2006年。
331. 周振鶴，漢書地理志匯釋［M］，合肥：安徽教育出版社，2006年。
332. 朱德熙著，袁毓林整理注釋，語法分析講稿［M］，北京：商務印書館，2010年。
333. 朱德熙，關於《說「的」》[A]//現代漢語語法研究[M]，北京：商務印書館，1966年/1980年。
334. 朱德熙，漢語方言裏的兩種反覆問句［A］//朱德熙文集(三)[M]，商務印書館，1985年/1999年。
335. 朱德熙，說「的」［A］//現代漢語語法研究［M］，北京：商務印書館，1961年/1980年。

336. 朱德熙，現代漢語語法研究［M］，北京：商務印書館，1980 年。
337. 朱德熙，語法叢稿［M］，上海：上海教育出版社，1990 年。
338. 朱德熙，語法答問［M］，北京：商務印書館，1985 年。
339. 朱德熙，語法講義［M］，北京：商務印書館，1982 年。
340. 朱德熙，自指和轉指——漢語名詞化標記「的、者、所、之」的語法功能和語義功能［J］，方言，1983 年，(1)：16～31。
341. 朱冠明，湖北公安方言的幾個語法現象［J］，方言，2005 年，(3)：253～257。
342. 朱建頌，武漢方言研究［M］，武漢：武漢出版社，1992 年。
343. 朱俊雄，反問句的否定指向［J］，內江師範學院學報，2004 年，(5)：38～41。
344. 祝克懿，析「動＋個＋形／動」結構中的「個」［J］，漢語學習，2000 年，(3)：16～19。
345. 祝敏徹，「得」字用法演變考［A］//祝敏徹漢語史論文集［M］，北京：中華書局，1960 年／2007 年。